中国当代文学名家精品集

梦醒一窗雪

卓然 著

成都地图出版社
CHENGDU DITU CHUBANSHE

图书在版编目（CIP）数据

梦醒一窗雪 / 卓然著 . -- 成都 : 成都地图出版社
有限公司 , 2025. 5. -- (中国当代文学名家精品集).
ISBN 978-7-5557-2696-8

Ⅰ. I267

中国国家版本馆 CIP 数据核字第 20246JA935 号

中国当代文学名家精品集：梦醒一窗雪

ZHONGGUO DANGDAI WENXUE MINGJIA JINGPIN JI: MENGXING YICHUANG XUE

著　　者：	卓　然
责任编辑：	沈　蓉
封面设计：	李　超

出版发行：成都地图出版社有限公司

地　　址：四川省成都市龙泉驿区建设路 2 号

邮政编码：610100

印　　刷：三河市人民印务有限公司
（如发现印装质量问题，影响阅读，请与印刷厂商联系调换）

开　　本：710mm×1000mm　1/16

印　　张：13　　　　　　　字　　数：200 千字

版　　次：2025 年 5 月第 1 版

印　　次：2025 年 5 月第 1 次印刷

书　　号：ISBN 978-7-5557-2696-8

定　　价：68.00 元

出版说明

2023 年春，教育部等八部门印发《全国青少年学生读书行动实施方案》。随后，122 家国家语言文字推广基地共同发出"典耀中华"主题读书行动倡议。一些具有文化情怀的出版社和文化公司，立即响应，策划各种适合青少年阅读的图书，《中国当代文学名家精品集》书系应运而生。

《中国当代文学名家精品集》书系由北京世图文轩文化发展有限公司（下称"世图文轩"）策划，由成都地图出版社出版。我非常荣幸地受邀担任主编。

世图文轩成立于 2010 年，系北京市内乃至全国较有影响力的图书发行公司之一，曾获得"重合同守信用企业""诚信经营示范单位"等荣誉称号。长期以来，世图文轩和众多出版社就优质图书出版进行合作，获得了合作伙伴的一致好评。在"典耀中华"主题读书行动中，他们敏锐地抓住机遇，迅速策划主要以初、高中生为读者对象的大型书系选题，显现出他们的眼光、魄力与胸怀，以及对于文化市场的拓展理想。我相信，这样一家致力于图书策划、出版的公司，其品牌信誉是毋庸置疑的。

为成长中的青少年读者集中呈现名家优秀作品，是一件虽然困难，却功在当代、利在未来的大好事，我能参与其中，与有荣焉。我必须以一种高度的使命感、责任感以及担当精神来做好这个书系，成就这件大好事。

令人特别感动的是，刚开始组稿时，刘成章、王宗仁、陈慧瑛、韩小蕙、王剑冰、李青松、沈念等老师就对这个书系表现出极大的支持和信任，并在第一时间提供了书稿以示鼓励。很快，几乎所有得知此书系的作家都认为这是在为作家、为"典耀中华"主题读书行动做一件好事、大事。由此，我和我的临时编辑室成员获得了极大的信心，热情也更加高涨，此后连续十个月，我们整个身心都扑在了这件事上。

一个人只要用心做事，人们是会感受到的，也会默默地予以支持。事实上也是如此。随着组稿工作的开展，我们和作家们的沟通日益频繁，我们发现，他们除了都表现出对这个书系的兴趣与认可，对当代散文创作的发展、繁荣的前景，还有一种共同的期待与信心。这对我们无疑是一种更为巨大的鼓舞与动力。

组稿虽然也费了不少周折，但总体上比想象中顺利得多。当然，非常遗憾的是，一部分作者由于手头书稿版权等原因，未能加盟到这个书系。

组稿只是我们工作的一部分，更为具体、更为烦琐的，是审稿事务，它出乎意料的繁重，也占据了我们比预想的多得多的时间和精力。偶尔，我们也有点儿想放弃了，但是，想着这是一件功德无量的事，又兀自笑笑，继续埋头苦干。在这个过程中，感谢师友们对我们工作的配合、理解、支持与信任。

静下心来，切实感受审读、编辑工作的价值和意义。

书系里，名家荟萃，佳作如林。有的，曾代表过一种新的创作范式；有的，曾开启过一种创作方向；有的，对某一题材开掘出更深更独特的思想；有的，有引领某类题材与风格的新面貌；等等。毫不夸张地说，散文多角度多样式的表达，在这个书系里应有尽有，全景式、全方位地呈现出中国散文几十年的创作成果，是当代散文创作的一个缩影。

总体上，无论是题材、创作方法，还是思想容量，此书系都呈现了散文广阔的视野，让我们感受到散文天地的无垠无际。

具体来说，以下几个特点特别明显：

一、作者队伍可谓老中青完美结合。入选作者的年龄跨度最大达半个多世纪，上有鲐背之年的高龄名将，他们文学生命之树长青，宝刀不老，象征着老一辈散文家依然苍翠的文学生命力；最年轻的三十出头，他们雏凤声高，彰显散文创作的新生力量蓬勃兴旺的景象；一大批中壮年作家，是当代散文创作领域里当之无愧的中坚基石，他们的创作正处于繁花似锦的鼎盛时期，实力毕现。

二、题材多元多样，内容丰富多彩。书系中，既有涉及上下五千年历史的洒脱智慧的历史文化散文，又有让人惊艳的初次涉猎的新颖、独特题材。有人写亲情，有人写风景。有些人写自己的童年，让我们看到其成长时代；有些人写一个城市或一条河流的前世今生；有些人写自己对故乡的记忆，从更有新意的视角表现这个时代的巨变；有些人集中了自己几十年的写作精品，让我们看到他们的创作道路上的足迹；有些人专注于一个主题，开掘深挖，独具魅力；有些人关注时代、关注身边的人和事；有些人剖析自己的内心情感……总之，反映中华传统文化、红色文化和当代自然文学精粹的作品，在此书系里比比皆是，或温暖动人，或鼓舞人心。

三、风格百花齐放，个性特点鲜明。几十部作品，有的侧重写实，有的侧重抒情，有的注重开掘思想，有的追求内容唯美，有的描写细致入微，有的叙述天马行空……表现方式千姿百态。但无论哪种风格，无论如何表达，皆个性鲜明，情感饱满，呈现出思想性、艺术性、可读性兼备的特质，读者可以从中获得不同程度的启发，感受到散文的魅力。

四、女性作者跳出了人们对"女性散文"固有的观念。书系中占有一定比例的女性作者，她们的作品虽然仍保留细腻敏感的特色，但大都呈现出大气开阔、通透有力的格局。她们温柔而现代的行文表达，对读者来说有着更为别致的情感体验和人生借鉴意义。

总之，这个书系，将是我们打造阅读品牌的开端。如果你愿意静下心来阅读，你一定会有所收获。

习近平总书记在文艺工作座谈会上讲话时指出："优秀文艺作品反映着一个国家、一个民族的文化创造能力和水平。吸引、引导、启迪人们必须有好的作品，推动中华文化走出去也必须有好的作品。"我们希望，这个书系能成为读者眼里"正能量、有感染力，能够温润心灵、启迪心智，传得开、留得下，为人民群众所喜爱"的"优秀作品"。

在此，特别感谢沈俊峰、陈晨两位搭档的通力协作，我的编辑朋友梁芳、胡玉枝的倾力相助，以及世图文轩、成都地图出版社上上下下推进此书系出版的所有领导与师友的大力支持和耐心细致的工作。他们让我感受到了团队的力量。同时，也特别感谢出版方将我和我的搭档的作品纳入此书系，我们把此举视为对我们的"嘉奖"。

上述文字，不敢称"序"，不敢称"前言"，甚至不敢称"出版说明"，仅表达此书系的缘起和一些组稿、审读的感受，也许过于肤浅，还望广大作者、读者海涵。

《中国当代文学名家精品集》主编

目录

第一辑　蓝的踪迹

第二辑　蓝的旋律

第一辑　蓝的踪迹

梦醒一窗雪

中国的北方，冬天按说应该是白雪皑皑、山河沉睡的样子。然而，一冬无雪，北风喧啸，似乎也是常事。

那个冬天，自然与他年的冬天没有什么不一样。一定要说不同，也只是在进入冬季之前，即还没有入冬的时候，便有细碎的雪花飘飘洒洒地落了一阵。我被那细碎的雪花给弄蒙了，问行人几时立了冬，行人说，还差几天。于是，我才知道，还是秋天。可是，雪花过早地飘飘洒洒，不知道是想抢先入冬呢，还是忘了季节。也算是一个少见的秋末天气吧。

终于入冬了。正经到了冬天，却天天是风和日丽。若非户外的早晨与傍晚料峭的冷，还会让人错以为依然是小阳春天气呢。

十月，公园有一个菊花展，花展过后，好花、名花都被拉到市府去了，眼看着那些被丢弃的菊花，人们不知道是爱花还是惜花，都纷纷去捡了端回自己家里。

那天傍晚，我到公园散步。那是一个月色很好的傍晚，只见展后的花儿一片狼藉，我便弯下腰去看，见也还有振作的，也还有想努力绽放的，就从了众人，端了一盆回家搁在窗台上。虽然知道花事将毕，我也还是殷勤浇水，不图花开二度，只希望枝头的花能迟一点凋落，或者来年也能如期开出几朵好看的菊花。

公园展出的菊花很多，而且多是很名贵的，名贵的菊花差不多都有高雅的名字。如银丝串珠、空谷清泉、珠帘飞瀑、月涌江流、黄莺出谷、沉香托桂、平沙绿燕、绿柳垂荫、春水绿波、玉蟹冰盘、枫叶芦花、绿衣红裳……

有以花瓣命名的，如惊风芙蓉、松林挂雪、落花飞絮、金铃阁……

有以花形命名的，如白松针、金盘托桂、黄石公、金碧辉煌……

也有以历史人物和故事命名的，如出师表、龙城飞将、木兰换妆、龙图阁、白西厢、嫦娥奔月、湘妃鼓瑟……

还有以风景名胜命名的，如幽谷残霞、平湖秋月、太白积雪、潇湘夜雨、春江月色、细雨寒沙、夕阳松阴、风清月白、柳浪闻莺、断桥残雪……

一种名花，一个阵营。真是名花荟萃、花团锦簇。

当然也有没有名气的，或者名气很小的。没有名气的花虽然也有个像模像样的名字，却总是不怎么受人待见，往往摆在路边，作一些点缀，作一些陪衬，仅此而已。

我端的那一盆花并不名贵，因为她没有牌子，我也就不知道她的名字。我只知道她的花是白色的，花瓣的边缘或深或浅有点粉红色和一点淡淡的紫色。

严寒是渐渐地凝重起来了，在那纤弱的枝头，菊花也就渐渐地憔悴，委顿到让人很不忍心去看她，不忍心去看她那凄婉的容颜，也不忍心去碰她那一点气力也没有的枝叶。

西风是最无情的。西风总是想催着她快些离开这个世界。尤其是夜间，西风使劲地揉搓她、摆布她、折磨她、摧残她，总想用"魔爪"撕裂她……

然而，经过一夜痛苦的挣扎，到第二天的早晨，她依然紧紧地揪着那一枝残梗，就是不肯松手，就是不肯陨落。

按说，菊花也算是花族中较坚强的一种了，而且，菊花还有一个雅号，周敦颐称它是"隐逸之士"，然而，就在残花行将凋萎的时候，却也是很痛苦的。况且，那冷风像是催命一样，把那已经残败的瓣儿撕拉着，想让她们快些离开她们曾经风光过的枝头。而那些花瓣却紧紧地抓着枝头不放，仿佛在一声声凄怆地呼喊着："不！就不！"紧紧抓着，声声喊着，那种坚韧，那种坚守，难免让人想起朱淑真的诗："宁可抱香枝上老，不随黄叶舞秋风。"

历来写菊花的诗很多，朱淑真诗中的每一句、每一个字，都让人喜欢。她的心灵是纯洁的，她的精神是自由的，她的气质是高贵的，她是较有担当的一位女诗人。人说牡丹有傲骨，而牡丹却只是敢于傲一女帝；菊花却敢傲天，且是傲霜天，而且从秋末一直傲到冬天。

试想，在一阵秋风一阵寒之后，还有谁愿意，或者还有谁肯把自己的香与艳送给一个寒冷的季节？还有谁愿意为装点那些清冷的日子作出一点牺牲和贡献？

世界上，似乎所有的花儿都是娇弱的，都是娇柔的，都是娇贵的，也都是趋炎附势的。为了讨好青帝，春光才有一线，那些桃花、杏花、梨花、李花、杜鹃花、山茶花，就赶紧露出笑脸，向春天谄媚。春天刚刚过去，她们就把原先给人们的那一点芳菲全都收拾起来，或者藏匿到山寺中去。秋风一起，她们是绝对不肯打开花苞，开一朵花给人世间，绝不肯为清冷的人间，添一点美，送一点香。

然而菊花却不一样。枝头的残菊还在，其根部就又生出新枝叶，又开出几朵白白的如雪一般的花朵。

早晨醒来的时候，忽然发现那堆在盆里的花——我还错以为是一堆雪，是满满地堆了一盆的雪，是白亮亮的雪，似乎还逸散着寒气的雪——大概是还没有完全远离睡梦吧，我就迷迷糊糊地想，雪怎么下到窗子里边来了呢？雪怎么就下满了一盆？

我赶紧起床去看，哦，哪里是雪呀，分明是花，是菊花。

是前几天那几个发绿的小骨朵儿都绽开了，开成了雪白雪白的花朵儿，满满地，堆了一盆雪白雪白的菊花。

是"蕊寒香冷"吗？当然是了，我不由就想起了李清照的那一首《多丽·咏白菊》：

> 小楼寒，夜长帘幕低垂。恨萧萧、无情风雨，夜来揉损琼肌。也不似、贵妃醉脸，也不似、孙寿愁眉。韩令偷香，徐娘傅粉，莫将比拟未新奇。细看取、屈平陶令，风韵正相宜。微风起，清芬酝藉，不减酴醾。
>
> 渐秋阑，雪清玉瘦，向人无限依依。似愁凝、汉皋解佩，似泪洒、纨扇题诗。朗月清风，浓烟暗雨，天教憔悴度芳姿。纵爱惜、不知从此，留得几多时。人情好，何须更忆，泽畔东篱。

看着，想着，就有一点奇怪了。当时端回来的时候，那枝头的花虽然也是白的，却并非全白，那花的边上或多或少都带着一点淡淡的粉红色，或者淡淡的紫色，我所期待的，是明年可以看到，也是边缘带有一丝丝粉红色，或者一丝淡淡的紫色。怎么一下子就都变了色了呢？怎么一下子就都变得那么洁白、那么淡雅？菊香满屋，却仿佛真的就是一抔雪、一窗雪。

是环境变了，花也变了吗？是花在特定的环境中，努力改变了自己的颜色吗？

我不知道。我不能够知道，是英雄创造了历史，还是历史创造了英雄。

好在，天气很暖和。尽管风有些冷。

江山一抔土

劳动是财富之父。

土地是财富之母。

中国人和外国人一样，都是这么说。我们的古人也这么说，这话已经流传了几千年之久了吧？人们也一直坚守着这句话的要义，因为人们懂得，倘若没有土地，不管有多大力气，也只是空怀英雄志。农民如果没有土地，等于英雄无用武之地，算白白攒了一身力气。

其实，古人的话也不一定都是对的。比如"君子怀德，小人怀土"，此语虽然出自《论语·里仁篇》，是孔子的名言，但孔老夫子就只说对了一半。孔子所谓的"小人"，如果指的是毫无节操的世俗小人，那么这种"小人"是既不"怀德"，也不"怀土"。孔子言下的所谓"小人"，应该是"黎民百姓"。这样的小人物，是既"怀土"，也"怀德"，而且"怀国"。

常言道，土地，土地。没有"土"，哪里会有"地"？

常言道，国土，国土。没有"土"，哪里会有"国"？

"普天之下，莫非王土"，精明的"王"太懂得珍惜土地了。

作为平头百姓，说什么也不敢想"普天之下"，但做梦都怕脚下无"立锥之地"。

我曾拥有过一畦小园，炕席一般大，就激动得不得了，就写下过一章《小园三种》。我想邀请朋友们咸集小园，与我一起领略"小园三种"的乐趣，但还未来得及发出请柬，小园便被弄丢了，城市建设让我的小园作了牺牲。

丢了小园，我便天天怅然若失。小园不再，剩了几粒黄瓜籽便也如英雄没有了用武之地。放在案头，几近废物，每想弃而去之，却不由又弯腰捡了回来。别看它们干干瘪瘪的，它们却在不动声色地把蓬勃生命蕴藏其中，就那样将它们扼杀了，让它们不得萌芽、不得生根、不得开花结果，我似乎有点儿于心不忍……

早春二月，春雪如诗。我想下楼看雪，不经意见楼下堆了一小堆土，断香凄神，残痕淡然。"不了情暂撮土为香"吗？是谁呢？然而，将一小堆黄土弃之不顾，道似有情却无情了。

长时期住在被水泥硬化了的世界里，长时期远离散着芬芳气息的泥土，让人活得憋闷，窒息。我在楼下，仿佛看到了一小堆金子，闪闪发光的金子，我慌慌地返回楼上，在家里拿了一个小畚箕，拿了一把小笤帚，把那一小堆土干干净净撮起来。当我回转身的时候，却听到背后有人讪笑我说："哼哼，不就一把土么，太爱小！"

"小吗？你以为小吗？！"我本想回头对那人说句什么，却又没说出来。说什么呢？他大概不知道"百谷草木丽乎土"吧！他大概也不知道晋国公子重耳的故事。重耳穷途饥渴时，一位农民送了他一小块土，预言他以后将拥有十万江山！

我不敢想十万江山，我也不会有十万江山。小时候与小伙伴在野地里捉"叫油子"，漫山遍野追赶雨脚。从东山移棵小桃树栽到西山，西山上移栽的那棵小桃树苗活了，看着小桃树苗渐渐长成大桃树了，在我的心里，那座西山便是我的山，是我心灵中的山，是我精神上的山。那是童趣，那是天趣，那是大自然与人类的亲近与和谐。于我心灵的塑造，灵魂的浸染，远胜江山十万。

上世纪中叶，要不是父亲抱着镢头，硬从石头缝里抠出那一片小小的土地，他的一群孩子一个一个都难免冻馁而死。父亲谢世时，我遵嘱用衣襟包了一包他曾经用汗水浸润过的泥土，湿漉漉的泥土，轻轻地放进了父亲的墓穴。我知道，那一抔土，是他的生命，他将与其生死相依，以灵魂、以品质，守卫着、捍卫着，千秋万代，永远，永远……

我也渴望有自己的一片土地，也以自己的生命和灵魂，与之生死相依。这几乎是我的一个梦。

人，只要有梦，总会圆的。因为有了一抔土，我便也有了一片自己的"土地"，我便有了自己的"十万江山"。只是盆子小了点，小到只能放下我的小心翼翼。

浇了点水，我的"土地"就格外滋润了。我把三粒黄瓜籽下了种，小苗破土而出那一刻，就显出了让人兴奋不已的盎然生机，就显出了生命力的澎湃。

大约半个月之后，纤纤的瓜秧便爬上了阳台，爬上了窗台，爬上了窗格，像是想偷窥外面的世界，却又毫不吝啬地逸散了满屋的绿意。

淡黄色的小花开了，一朵又一朵，像点亮的小灯，照得我眼明心亮，照得我心旷神怡。

黄瓜儿坐胎了，小小的，像根针，转眼便像几根小棒槌吊在那里。

古人说："只要功夫深，铁杵磨成针。"我说，只要认真，针也能长成棒槌。

每当我洒点水上去，瓜秧儿便变得郁郁葱葱、青翠欲滴。打开窗户，轻风一吹，叶也摆动，花也摇曳，那才真正叫袅袅娜娜，那才真正叫曼妙多姿。若值明月当窗，不光多姿，而且多趣。如果有一只"叫油子"在上边振翼而鸣，那声，那色，那情致，那韵致，即使十万江山又怎么能够与之媲美呢！

风景随着日子变换，而唯一不变的，是那一窗风景给我的好心情。

看着那一根根带了嫩刺的黄瓜，邻居说："真好！快摘下来鲜鲜地吃吧，那才真正叫绿色食品呢。"

我没舍得摘下来。摘下来统共能值多少钱呢？我那一窗风景又值多少钱呢？

邻居似乎算不过账来了，一拍手说："真是一寸土地一寸金！"

然而岂止呢？黄金自古也是有价格的。

带雨的翡翠

参观晋城污水处理厂的时候，工厂让来客留言，我就写了这样一句话："是工人们以自己高贵的品质和纯洁的灵魂，让原本清澈的水变得更加清澈了。"

那天，有小雨，天气非常凉爽。晋城污水处理厂的领导，带着我们参观了污水处理的全过程。

第一池是污水，发黄、发黑、发臭，在偌大的水池中翻腾着，泛着污浊的泡沫，仿佛一个拒捕的罪犯，仿佛一个跌跌撞撞的流浪汉，有点疯狂，有点凶残，让人恐惧。

最后一个池子，清水荡漾，让人不由得想挹取一碗，痛饮一碗。

我没有把目光过多地投给第一个池子，我也没有过多地投注给最后一个池子。我把注意力过多地凝注于中间的池子。我想得最多的不是开始，也不是结果，而是过程。

于是，我想到了学校和监狱，想到了教育和改造……

用释家的理念讲，我想，第一个池子应该就是俗世界吧，最后一个池子是"菩提""般若"，而中间的那些池子，应该算是苦修过程。

于是，我就想起了一副楹联：宝剑锋从磨砺出，梅花香自苦寒来。

从第一池水，到最后一池水，污水处理的过程，不仅是一个物理过程，也是一个诗化的过程、一个纯洁精神的过程。

老子说："上善若水，水善利万物而不争。"

善是人类的最高境界，就像水的品性，利万物而不争。

然而，说水不争，也不完全对。水看似什么也不争，但一定要争个清洁的品行，争自己的一世清名。

老子说，水有"七善"：善于定位，善于静而深，善于仁和爱，善于言而有信，善于无为而有为，善于发挥能力，善于行止有时。

水是太善了。冬为冰，春荡清波。遇石绕，随圆即圆，就方则方。然而我们却万万不可因为善好欺而欺善。

古人都懂"水能载舟，亦能覆舟"，不管你有多么好的驾驭水的本领。

任意糟蹋水、虐待水，激怒了水，水会以自己的不善对待人类的不善。

水至清则无鱼，人至清则无友。清，鱼，友，三者不可兼得时，不知道你舍谁取谁？

蒹葭苍苍，白露为霜。

所谓伊人，在水一方。

溯洄从之，道阻且长。

溯游从之，宛在水中央。

……

《诗经》里的这首诗，多么美啊！

我看到站在清清的水与青青的草紧紧挨着的地方，都是我们污水处理厂的工人，是《诗经》里的"所谓伊人"啊……

空闲着的土地上，到处种的是菜，是工人们用自己处理过的水，种的各种各样的蔬菜，水灵灵的，我真想吃一口！

果然，晚上在职工灶上吃晋城米淇和工人们用处理过的水种出的各种蔬菜，没有酒，却醉人。

工人送给我们每人一小袋黄瓜、荽子、菠菜。

那不仅是一小袋蔬菜，那是带雨的翡翠。

母 亲 蓝

一

　　我说的"母亲蓝"是一种染料，原名叫靛蓝，或者靛青。青，就是"青出于蓝"的那个"青"。蓝是从蓼蓝中提炼出来的，也叫菘蓝。因为母亲非常喜欢那种蓝，所以我一直把那种蓝叫"母亲蓝"——蓝蓝的母亲蓝。

　　母亲说，用靛青染出的蓝让人心静，用这种蓝洗白布，白布会更白。我不知道母亲怎么会知道那么多，只是心里想，母亲一定见过很多蓝。那时候，因为年纪小，不懂得母亲的意思，但我小小的心上就染上了蓝的意识，蓝成了我心灵的底色。母亲蓝，是让人"心静的蓝"，是让人觉得白布会更白的蓝。

　　我的家乡是一个山里小镇，小镇上有一个小小的染坊，只有三间屋子和几只大缸。有几只大缸就有几种染料，染坊师傅天天都会把染过的布晾出来，晾在横过河滩的绳子上。绳子高高地从小镇的河滩上空拉过去，高得让人仰着脖子才能看得见。云，或者雾，会时不时把绳子遮断。红布、黄布、绿布、青布，一匹一匹，就会像隐约在云中雾中的虹，随着风，一漾一漾，若隐若现。

染坊师傅也不总是把各色花布一起晾出来，或红布，或青布，或藏青布，或蓝布，染坊师傅常常只晾一种。不知道是有意的还是无意的，又总是在中午的时候晾藏青布或青布，傍晚多是晾些红布，早晨晾的都是蓝布。中午晾些藏青布或者青布出来，那燥热的天气仿佛就凉爽了许多。晚间晾些红布，或者水红色的布，乡间小镇的傍晚就会多一些热烈，多一些浪漫，就能听到歌声和笑声。

至于蓝布，那是最适宜于早晨晾的。只要早晨晾出蓝布来，小镇的早晨就会显得格外清新，格外明净而恬淡。

二

母亲总喜欢在晾了蓝印花布的早晨，去河里洗衣裳。母亲洗衣裳的时候也总是穿一身蓝。空中晾的是蓝，映在河水里的是蓝，母亲穿的也是蓝，洗的也是蓝。不知道母亲为什么就那么喜欢蓝、爱蓝。

因此，我就想让染坊师傅多染些蓝布，多染些蓝印花布，晾在河滩高处的那根绳子上。我每天早晨都会早早起来，站到我们小镇的河边，去看染坊师傅是不是染了蓝布，是不是把蓝布晾在小镇河滩的上空。早晨的水汽与雾总是多，白白的水汽与白白的雾总会把河滩上空的绳子遮断，让人仰起头也看不见。但不管看不看得见，染坊师傅都能准确地把布晾到绳子上。他拿一支长长的竹竿，把带着水湿的蓝布挑起来，往上一送，一下子就能把那蓝布搭到绳子上。那动作让我佩服，因此我也总在那个时候，对着染坊师傅笑。染坊师傅从没有让我失望过。

一匹匹的蓝布和蓝印花布，长长的，蓝蓝的，搭在高高的绳子上，雾里，云里，晨风一吹，悠悠地飘过来，又悠悠地飘过去，好像把一片一片缀着星星的天空扯了下来，好像一片一片的花雨花雾随风飘散在水清沙净的河滩上。风大的时候，蓝蓝的印花布便会在空中鼓荡着，抖出哗哗的响声，像一条条蓝色的飞瀑，从蓝蓝的天上飞流下来。而风静的时候，那蓝布和蓝蓝的印花布便也会静着，很安静地、很稳重地，一匹一匹垂下来。一幅，一幅，像是天上往下流蓝。蓝蓝的天，蓝蓝的河，流出来的是一个蓝蓝的世界，一个让人觉得很平和的世界，给人安闲，给人宁静，给人简洁与生动。

蓝蓝的印花布会把整个河滩的空气都映成淡蓝色，而荡漾在空气中的，仿佛还有一种蓼蓝的香味，淡淡的，那是药香。我常常到河滩去，脱掉鞋子袜子，跳进漾着蓝色波光的小河里，耍一会儿水，然后从河水里爬上来，坐在被河水冲得极其干净的青石上，静静地闻那淡淡的蓼香。

三

即便是参横斗转的半夜三更，也总是能听到母亲在东屋织布的机杼声，有时候竟是整整的一个夜晚。听那织布机的梭子窜过来又窜过去，总是有一种"听括听括"的声音钻到我的梦中来。

有一回，我被那织布机的梭子敲得心都疼了，我心疼我的母亲，就从西屋的床上爬起来，悄悄到东屋。门被"吱"的一声推开之后，母亲一惊，说："小鬼灰，你吓死我了。你不睡觉，起来做什么？"

我怯怯地对母亲说："爸儿……"

我们那时候叫母亲都叫"爸儿"。

我对母亲说："爸儿，你也睡吧。看你，太累了呀……"

母亲抱住我，我感觉母亲的手在颤抖。母亲有很长时间没有说话，母亲大概一时说不出话来。

不过，母亲最终还是说话了。

母亲说："爸儿不累，你去睡吧，爸儿一会儿就织好了。天要冷了，要换季了，爸儿不织出布来，一家人都穿什么呀？"

母亲说的是。我极不情愿地挪着脚步回了西屋。

但那个后半夜我也始终没有睡着，那织布机的梭子"听括听括"的声音仿佛撞在我的心上，让我的心一阵一阵战栗。

黎明时分，一匹白白的棉布织成了。

母亲立即把白棉布送到染坊去，告诉染坊师傅，染多少纯蓝布，染多少蓝印花布，染多少藏青布，染多少青布。染坊师傅总是夸母亲织的布好，经是经，纬是纬，经纬分明，又结实，又平整。

四

母亲用青布给父亲缝衣裳，父亲似乎总是一身青，青布棉袄、青布大裆棉裤、青布鞋，站在那里，像一座铁塔。不过，父亲的皮肤并不黑，是那种所谓的古铜色，因此显得越发英武、越发魁伟，一条扁担横在肩膀上，挑一担煤炭，在太行山的山路上，上山，下山，像一只燕子，像一只鹰。扁担上下闪动着的，都是母亲的颜色。

父亲把一担一担的煤炭卖到河南，换回米来，换回面来，换回油、盐、酱、醋，温馨的家里显得越发充实。

母亲自己做了一件藏青色斜襟布衫，套在红的旧棉衣上，又做了一条蓝印花布水裙，水裙上方，绣一枝白莲，白莲睡在一片绿绿的荷叶上。一片绿绿的荷叶，一枝白白的莲，那是母亲的象征，是母亲的自画像。

蓝布都是缝成衣裳给孩子们穿。男孩穿一身纯蓝，女孩穿一身印花蓝。等我们穿了蓝蓝的棉衣走到城里去，城里人会一撇嘴说："哎哟哟……山死了！"看那样子，脸都皱起来了，就像喝了一口酸醋一样。那时候，我会很惊讶，心里也会很难过。城里人怎么会这么说人呢？我就眼睁睁地看着母亲。母亲低下头悄声对我说："不用听城里人瞎说，城里人不懂山里人的心。"母亲说得太好了，城里人不懂得山里人的心。他们很少见过山里的人，也很少见过山里的蓝，不懂山里人的心，也不懂山里的蓝。他们好像觉得自己见过很多世面，其实他们是把自己挡在了世界的另一面，挡在了没有蓝、没有宁静、没有心静的世界外面。

回来的时候，母亲告诉我说，山里的孩子嘛，不要那么娇贵，要的就是像我们自己的孩子们这样的"山气"。山里的孩子如果也像城里人，打扮成公子小姐那样，束手束脚，抬不得轻，掇不得重，像用高粱秆儿扎的小人儿一样，在山里怎么过日子呢？既然是山里人，就要有个山里人的样子，就要有山里人的脾性，就要能够"推山山动弹，捏虎虎叫唤"。

母亲说，什么山气，要论起来，比俗气好得多呢。看城里的那些女孩子，红缎衣裳，绿绸裤子，花花鞋，绣上龙，扎上凤，手里还掂一条手绢，俗气死了呢！黑老鸹看不见自己，还笑话山里人呢。山里人是蓝的，天空是蓝的，河里是蓝的，树枝枝上是蓝的，草叶叶上是蓝的。自自然然的蓝，平心静气的蓝，他们城里人哪里比得上我们，哪里见过我们的蓝？

五

母亲说得真好。母亲笑着说着，把蓝都说到我的心里去了，让我一辈子忘记不了蓝，以至老大了，在给作家王中一先生的散文集写序时，题目也叫"那是蓝色"。王中一在他的散文中说，那蓝色"从来都是精灵的象征"，"看见它，就想起了海洋，想起了蓝天，想起了理想，那是永不褪色的梦幻"。中一也是从山里出来的孩子，也同我一样，喜欢蓝。山里的孩子大概都喜欢蓝。所以我在序中说："谁的生命中都会有一种蓝，那是生命的底色。"

这一个观点在母亲对我说那一番话的时候就有了。那时候，只要看见蓝，就会觉得舒畅，就会有一种平稳感、安全感。那时候少有镜子，看不见自己，却能看见弟弟妹妹。二弟、三弟只要穿上一身蓝蓝的新衣裳，就显得越发的英气。妹妹穿上一身蓝印花布衣裳，站在大门底下，就像是一个字。至于像哪一个字，我不知道。后来上了学，写文章的时候，我才知道了，那个字就是"淑"字。你说不是？那你就走近了看看，看看那印花蓝布上，蓝蓝的底儿、白白的梅花朵儿，一朵一朵，闻一闻，就能闻到淡淡的香，淡淡的药香。

那就是蓝，是蓼蓝。很淑的蓼蓝。我就一直叫她"母亲蓝"。

《本草述》上说："有人病呕吐，服玉壶诸爽不效，用蓝汁入口即定，盖取其杀虫降火耳。若然，如蓝靛之由石灰合成者。"说的就是那种蓝。

《诗经》上也说："终朝采蓝，不盈一襜。"说的也是那种蓝。

就是那种蓼蓝，既可以做染料，又可以入药。开淡红色花朵，幽香醉人。

六

这么珍贵的蓼蓝，不知道外乡有没有，反正我们家乡有，很是宜春。惊蛰养苗，春分栽培，清明换苗，整整一个春天都会长得生机盎然。到五月就要收割了。将其连根拔起来，敲净泥土，整棵放入水池中淘洗，再放入水池中浸泡，浸泡的过程叫作"沤蓝"。浸泡上几天，水变成绿色的时候，就赶紧将蓼蓝全部捞出来，给池中的绿水兑上适量的石灰汁，用木墩捣，如同打夯一样，叫"打蓝"。真是可惜，怎么那么好的蓝，居然是打出来的，而且是越打越蓝呢？

　　打蓝打到池内液体由绿色变成深蓝色时，让池水静静地澄清。待蓝色下沉，池水表面就会浮出一层清水。把清水淘出，剩下的浆就叫"蓝浆"。

　　在地里挖个土坑，垫上谷草，铺上布单，把蓝浆倒在布单上，等水分渗到蓝浆呈稠糊状时，将蓝浆装在木桶内，撒上一层细细的石灰粉封存起来。这就是蓝靛，就是母亲说的那让人心静的蓝。

　　早些时候，会有骡马队、骆驼队源源不断地前来我们晋城驮蓝。看着那些骡马驮和骆驼驮，我就会不高兴，就会对母亲说："怎么让远处的人把我们的蓝都驮走了呢？"

　　母亲笑笑说："真是个不懂事的孩子。为什么不让人家驮？你看那山，山那边还是山，近处，远处，不知道有多少山，山里该有多少孩子。让他们驮吧，驮给那些山里山外的母亲，让山里山外的母亲们给自己的孩子都穿上蓝，穿一身蓝，打扮出一个蓝的世界。他们就像你和你的弟弟妹妹一样英俊，一样淑气，一样心地和平……"

　　母亲说得太好了，让全世界的孩子们都能穿上我们的蓝，就像我弟弟妹妹们一样，一样英俊，一样淑气，一样心地和平。

　　如今，我也已经很少见到有穿蓝衣服的人了。可是，只要听到有人说蓝，或写蓝，或画蓝，我就会有一种特别的亲切感。就会想，他们可能也和我一样，小时候都有过自己的蓝——蓝蓝的母亲蓝。

火　狐

　　每当读到《诗经·北风》中的那一句"莫赤匪狐"时，我就会想起我和我们村上年轻人捉火狐的故事。虽然已经是上世纪 70 年代的一桩旧事，但我却一直忘不了那只好看的火狐。

　　那时候，我们村子里一帮年轻人，眼气人家穿狐皮领大衣，自己又没钱买，于是便决定雪天去捉狐。捉一只狐狸，做件大衣，缀上一条狐皮领，又暖和，又珍贵，又气派。

　　反正我们山里有的是狐狸，每当晚饭之后，或者睡到半夜三更，都能听见狐狸在山上、在田野、在村边儿，"呜儿——呜儿——"地叫。有时候是一只，大概是孤独，想寻一个伴儿。有时候是两只或者三只，在两座山上对叫，好像在互诉衷肠。特别是阴雨天，狐狸的叫声整天都有，给人的感觉总有些哀伤，总是很凄凉。我们当然也会有恻隐之心，因此，这时候便不忍去捉狐狸。但一想起它那么狡猾，想起它常常叼我们的鸡，又觉得它太可恶，就恨不得立刻捉了来，杀了剥皮做大衣，谁让它有那么一张可爱的皮毛呢！我们没有猎枪，只有等到下雪之后，一人拖一根棍子，带些干粮，踏雪出门，去捉狐狸。

　　下雪后，雪地上会有狐狸的足印，我们会循着狐狸的足印去追狐狸。如果雪下得厚一点，狐狸行走起来会很困难，是我们追狐狸的最佳时机。狐狸也会在自己走过的路上留下它的气味，我们便容易找到它、追踪它。当然，即使追上它，也不容易活捉。我们把狐狸追急了，狐狸就会钻入隧道，我们便堵了隧道，拿柴火熏，等浓烟把狐狸呛昏后，它便由人摆布。

如果雪下得很厚，等天气晴一晌，雪上面会消融薄薄的一层，很快就会结成冰，不太坚硬而且很薄很薄的冰，鸟儿可以落上去，但狐狸和兔子却不可以踩上去，因为它们踩上去就会把腿陷进去。当然，陷进去的腿也还是很容易拔出来。拔出来再走，会再陷进去。这样循环往复，走不了多远，那一层薄薄的冰便会将狐狸腿上的皮肉割破。割出伤口，流出血，让它疼痛难忍，让它寸步难行。这个时候，我们便可以徒手捉狐。当然了，也可以捉到兔子和獾。狼是不容易捉到的，狼凶残，即使被割破了腿和脚，即使血流如注，疼得不得不原地止步，我们也不敢去捉狼。不过狼很少陷入这样的困境，虽然狼也会在雪夜到村子里觅食，但它在黎明前便会逃到大山里去。

我们没有兴趣捉獾，獾的皮毛不好看，因此我们对獾不感兴趣。如果真碰到獾，我们当然也不会不捉，因为獾的肉香，捉一只獾可以集体做一顿美餐。

一旦在雪地里遇到被冰雪割破脚和腿的兔子，不妨来个顺手"牵兔"，兔子的皮毛虽然不及狐狸的皮毛好看，但总聊胜于无吧。

然而，下雪天，兔子和獾维持生计难，逃生也很难，因为它们陷到冰雪中，我们便能轻易捉到它们，这有点欺弱小的嫌疑，是一种较为卑劣的行为。生命可以对决，但乘人之危，我们也不耻。

对待狐狸，我们的态度便不一样。我们会毫不犹豫地去捉狐狸，因为狐狸有时候比狼还可恶，时常偷偷摸摸地进入我们的院子里，咬死我们的公鸡和母鸡，是个最狡猾不过的歹徒。除了对狐狸的恨，也还有对狐狸的爱，爱狐狸那一张十分珍贵的皮毛。同时，与狡猾的狐狸，或者说是与很智慧的狐狸，做一场游戏，会其乐无穷。

　　夜里下了一脚深的雪，不太薄，也不太厚，我们也等不得十分好的天气，早晨便踏了雪，去捉狐狸。

　　雪天的早晨，是山村最好的风景。上下天光，一片洁白。远近一片白，山水一片白。田野和道路，白茫茫的一片，很难分得清哪儿是哪儿。若不是这一点那一点裸露的地塄与山岩，我们会以为人间就是一个白色的世界，就是一个玉的世界。单是那雪地上的图案就难得一见。白白净净的雪地上，冰花一样的，是兔子的脚印；竹叶一样的，是野鸡的爪印；梅花一样的，是小猫的脚印；绣花针一样的，是金翅鸟的爪印；大牡丹花一样的，是狗的脚印，抑或是狼的脚印。我们那里很少有老虎和豹子，因此，踏破铁鞋，也找不到老虎和豹子的脚印。雪地上那些动物的脚印，或是一线，或是一片，有时单行，像一条花绳儿；有时交织，像一张花地毯。时不时能看见一堆毛，或一摊血，说明山村的雪夜并非万籁俱静，也并不和平，并不和谐。动物们在雪夜里，觅食、追逐、拼搏、打斗、求生、逃生……

　　我们并没有兴趣详细探讨动物们雪夜的活动轨迹，只是从那被践踏得一片纷乱的雪地上，辨认狐狸的脚印，好循狐狸的脚印，去发现、去追踪。

　　一路上，我们很兴奋，有说有笑，还唱歌。我们的青春在洁白的雪色中闪着幸福的光华。昌路带着他的牧羊鞭，不时在空中"啪"地抽一鞭，电光一样的鞭影随着雪光飞舞，清脆的鞭声在雪野上传开，给我们的感觉是，雪地就是我们的天地，总有一种《诗经》中所指的宏旨烟氛："上天同云。雨雪氛氛，益之以霡霂。既优既渥，既沾既足。生我百谷。"

　　昌路是我们中间见识最广的一位，他小时候跟着叔叔放羊，对大山有比较深刻、全面的了解和认识。对大山，他有自己的体认和理解。别看昌路五大三粗的，却是心灵手巧，人们都叫他"土专家"，我们谁也没有昌路的见识多。

　　昌路总是走在我们前头，是一个带头人。他带着我们八个人，踩着积雪，一路前进，向着田间，向着山野。走了很远，我有些走累了，就对昌路说："我觉得我们没有方向，也没有目标，我们这是要走到哪天呢？走到哪里呢？"昌路说："狐狸的脚印是我们的向导，捉到狐狸是我们的目标，我们没有任务，我们只有方向。捉到狐狸，是我们的快乐。捉不到狐狸，能在雪天雪地里行走，也是我们的快乐。"昌路的话给了我们很大的鼓舞，我们个个振作了精神，紧跟着昌路，把雪地踩得"咯吱咯吱"响。

　　当我们循着狐狸的脚印刚刚走进一条小土沟时，昌路便回头低声对我们说："注意了，前边有狐。"我问昌路："你怎么知道前边有狐？"昌路说："你闻闻，有狐的气味。"我皱皱鼻子，可不是嘛，空气中弥漫着很难闻的气味，那就是我们常说的"狐臊"。生在乡村，我也常常闻到过那种气味，但并不知道那就是狐臊。好了，有了狐臊，很快就能见到狐狸了。

　　我们一行人都不说话，只静静地继续跟着昌路往前走。没有走多远，我们果然看见一个岩坎下卧着一只狐狸，它见有人走过来，立即起身逃开。我不由喊一声："狐！"昌路立即制止了我。昌路说："别喊，喊不顶事。你越喊，它跑得越快。你装作若无其事，它也会跟没事人一样。我们远远跟着它，走到一定距离，它便会钻进隧道里。"

　　我又看了一眼那只狐，对昌路说："那只狐狸毛色不好，灰不溜丢的，像一团乱麻，像一蓬干灰蒿，毫无光彩，就是捉住，做大衣领也不漂亮。"昌路说："皮毛好看的狐狸太狡猾了，不好捉，我们能捉一只草狐，就算很有运气了。"

　　昌路很执拗，坚定地要追那只草色狐狸。因为意见有分歧，我们只好兵分两路。

　　我们与昌路分手的时候，他指着一串狐狸脚印说："看这串脚印，肯定是火狐留下的，走不了多远，我们就能看见它。是很好看、很漂亮的一只火狐，但是不容易追到它。"我问昌路何以见得，昌路说："天明时，飞了一阵雪，差不多所有的脚印都有点模糊不清，只有那一串脚印很清晰，说明那只狐狸是刚刚走过去的，那只狐狸就是火狐。火狐虽然是一个狐疑心很重的家伙，也很狡猾，但它却很有胆量。只有火狐才敢在黎明时分在村边转悠。"

　　我不相信火狐有那么厉害、那么有智慧，我也不完全同意昌路的说法，所以我下定决心要和昌路兵分两路。我们分开之后，我很高兴，也很自信。我决心要捉一只火狐回来。

　　人人都知道狐狸狡猾，可它究竟狡猾到什么程度呢？没有听人详细说过。那次追狐，我们可是见识到了狐狸的真本事了。

　　和昌路分手之后，我们循着那只火狐的脚印走了一段路，脚印忽然不见了。起初我们还以为那只火狐在雪地上化成雪了。如果不是化成雪，它走到那个地方，突然就没有了脚印，雪面上干干净净的，一个脚印也没有，什么痕迹也没有，那火狐去了哪里？

　　其实它并没有化成雪，通过我们在雪地上细细地寻找，发现它走到那个地方之后，又掉头回来，踏着来时的脚印，一个脚印套着一个，又返回到走过的老路上去了。它并不是要返回到原来的出发地，而是走那么一段，用来迷惑人，让人分不清它的来路和去路。

　　我们很高兴识破了狐狸的阴谋，踏着它返回的路，循着它的脚印往回走，走了一段，它又在雪地上兜起"8"字来了。一连兜了几个"8"字，让你不知道它去了哪里。就在你绕着"8"字辨认它的走向的时候，脚印突然又不见了。它是不是又踏着旧脚印回老路上摆"迷魂阵"了呢？不是，你可别上当，它没有返回到老路上去，它的伎俩太多了，它不会故伎重演的。否则，它还能被称作狡猾的狐狸吗？

　　脚印清清楚楚，没有被掩盖，也没有叠印，就那么没头没尾，一下就断掉了。那么，它会升天？它会入地？它真的是狐狸精？它真的会成为狐仙？我们茫然四顾。我们也真怕它变成"美女"或"白胡子老头"，蛊惑我们。我只好喊话请教沟那边的昌路。昌路笑起来，说："狐狸不会变成白胡子老汉，也不会变成美女，如果它真变成美女，你就领回去吧，你不是还没有对象吗？"

　　沟那边，沟这边，都笑了起来。但长安却有点害怕了，他怕那只火狐真会变成美女。昌路接着又说："狐狸不会升天，也不会入地，不会变成狐仙，更不会变成美女，你们再往前走，或塄上，或塄下，你准能见到它的脚印。"

　　果然，原来那家伙走到田地当中，停住脚步不走了，它四处瞅瞅，觉得身边那道石塄很适合它行走，它便纵身一跃，跳到雪落不到的石塄上去了。它轻捷地攀着塄上的石头走，走了一大段，没有留下任何痕迹。走到田地那头，它又纵身一跳，从地塄上跳到地中间，看那脚印，你真的会以为它是从天而降的。见此情状，我不禁脱口说道："狐狸不仅是狐仙，简直是狐神！"长安也愤愤地说："鬼！是狐鬼！"米魁小友也说："真是鬼神莫测！"

　　说归说，我们便分头搜寻狐狸的踪迹。又走了一段路，我们不但能清楚地看见火狐的脚印，而且也看到了不远处的那只火狐，那果然是一只毛色好看的火狐。

　　火狐走起路来脚步特别轻盈，在雪地上走路的姿势很像跳舞，很像一团火焰在雪地上滚动，很像风吹着一盏红灯笼在雪地上飘。

　　火狐见我们跟踪它，并不害怕，也不着急，只一味地"跳着舞"，往前走，还三步两步一回头，仿佛在表演给我们看，仿佛在和我们比胆量。当与我们拉开一段距离的时候，它便在一个塄沿上蹲下来，瞧着我们，一点也不胆小，似乎连警惕性都没有。起初我还以为它在等我们，后来听昌路说，它见了人并不会一个劲地逃掉，而是总会与人保持一段距离，不时回头看看追它的人有什么打算，有何企图。它会根据人的行动作出判断，决定它自己应该往哪儿去，应该怎么逃。当它看透我们拿它没有办法时，它便在雪地上和我们玩起游戏，和我们捉迷藏，翻山、越岭、攀岩、跳涧，兜圈子，总是不远不近，不即不离，企图把我们累个半死。但它既不躲藏，也不钻隧道。当你快要追上它的时候，它便逃得很快，如一团火焰被风吹动。当你离它太远时，它却又在前边停下，让你追不着，却又欲罢不能……

不知不觉就到中午了，我们又饥又累，那火狐也不知道一下子逃哪里去了。既然不见火狐的踪影，我们便在一棵柿树底下拨拉开一片雪，折些枯树枝烧起火来。我们烤干粮吃，吞雪当水，一边吃，一边喝，一边在火边烤被雪和冰冻成两条"冰桩"的裤脚。吃完了干粮，也烤暖和了，便觉得很困乏，想睡觉。这时，忽然听得远远地传来"呜儿——呜儿——"的狐狸叫声，它在挑逗你呢。

我们四处张望，只见不到二百米的塄沿上，蹲着一只火狐。白白的雪，红红的火狐，真像一团火在雪地上燃烧！

火狐"呜儿——呜儿——"的叫声，像在呼叫我们"来吧——来吧——"，又像在嘲笑我们"无能——无能——"。

我们实在是都有一点气愤不过了，就又来了劲头，瞌睡也不知道都跑哪儿去了。

当然，我们下午并没有上午那么踊跃。

等追到太阳快要落山的时候，雪野茫茫，那团"火"在雪地上猛烈地滚，一下就跑得很远很远，一次也不回头，一直跑到山和天挨着的地方，消隐在一片与雪、与天相映成霞的晚霭中。

等我们无精打采地回到家，已是上灯时分。

昌路他们早回来了，他们真猎了一只草狐。

"草狐虽然也鬼，但它却动不动就往洞里钻。火狐太狡猾，我们没有猎枪，最好不要去捉它，空手肯定捉不住它。"昌路说。

我信服了昌路的话，但还是说："可惜那只火狐了，不知道它跑到哪里去了。"

昌路说："它并没有跑远，它会随着你的脚印，跟在你的身后边，回到村子里来。"

果然，我要睡觉的时候，刚刚熄灯，就听得"呜儿——呜儿——"的狐叫。

或远，或近。也许就在村边，也许就在我的大门口。

我气得骂了一声："可恶的火狐！"

狼　　性

狼劲疾、乖戾、诡秘、凶狠，是人所共知的。狼胆小，却敢于冒险；狼残暴，却又不乏温情；狼喜欢群居，却又常常乐于只身奔突。狼顾以及狼卜食，除了狼，别的动物绝对不会有这种特性。当然，狼的某种特性在其他动物身上也有，但其他动物大部分只具备一种或几种特性，而狼却将其集于一身，形成狼族特殊的生活习性与个性。我们把它叫作狼性。

狼经常在野外活动，时不时也会旋风一样闯入人类生活的地区。在野外，狼可以征服很多野生动物，如狐狸、兔子、山羊和小鹿。一旦进入村庄，它会吃小家禽，像鸡、鸭、鹅、家兔，它一样都不放过。它也吃大家畜，像猪、羊、牛、驴、马、骡，它都敢下口。它甚至吃人，吃小孩，也吃大人。狼吃家禽和牲畜的时候，大都是夜间摸进村子里偷着吃。它虽然也吃人，但即便只是听到人的一声咳嗽，也会立刻溜之大吉。要是真的饿极了，它在大白天，在人们的一片驱赶声中，也敢冒险把山羊或小孩叼走。

食物充足的时候，狼对所吃的东西非常挑剔。比如，扑倒一头大牲畜之后，它先打开其腹腔，把血喝个精光。血喝完了，如果肚子还不饱，它才开始吃肉。它不像有些动物那样，只要有肉吃就好，它要拣着好肉吃，先是心、肝、肺、肾等五脏六腑。要是大绵羊，它就先吃尾巴，要知道，那是一团又肥又腻又好吃的肉球。

像其他动物一样，狼也很会过日子。它会把上一顿没有吃完的猎物藏起来，等肚子饿了再吃。但它不像其他动物一样，把没吃完的食物埋到土里，那多么肮脏啊！它大都会把多余的食物藏到草垛里。食物充足的时候，狼也很会享受，它一边吃，一边从嗓子里发出一种呼呼声，仿佛在不停地说："嗯，嗯，好吃！好吃！"没有食物的时候，狼也绝不会饿肚子，它会逮着什么吃什么，甚至吃土、吃白矸，所以狼常常屙白屎。

狼体魄好，跑起来非常快，在平坦的路上跑的时候，它也许跑不过马，但要离开道路，隔山架岭地跑，尤其在梯田上，马绝对追不上它。它一展腰就越过一道塄，向下如飞瀑，向上如飞檐。

狼危害人，甚至吃人。人恨狼，更怕狼，却非常喜欢讲关于狼的故事。

关于狼的故事有很多，上小学的时候，我们就常常聚在一起说狼，说得我们毛骨悚然，但仍旧想说，也仍旧想听。

小时候最害怕的就是狼吃小孩。人们说，狼的眼睛到晚上会发光，像两盏很亮很亮的小灯。秋天的傍晚，它会闭上一只眼睛在村中游走，睁着的那只眼睛像一只萤火虫飞来飞去。小孩子跑着去捉"萤火虫"时，它便在黑暗中，不声不响地把孩子叼走。听了这个故事，我们都吓得不敢去捉萤火虫。

还有个故事，让我们害怕得不知道该怎么办。说有个人把孩子抱得与肩头一样高，狼用后腿站立起来，站在人的背后，用前爪拍了拍那人的肩头，那个人以为是孩子的母亲，便松了松手，狼就把孩子"抱"走了。

听了许多关于狼的故事，同伴们都说，我们快快长大吧，长大就不怕狼了。但大人却说，狼也吃大人，吃妇女，也吃男人。还讲了许许多多狼既吃女人，也吃男人的故事。

　　狼吃人的故事听多了，我有时候白天也不敢出门。父亲知道我是被狼的故事吓的，就告诉我说，尽管狼吃人，但其实狼并不可怕。狼有吃人的心，却没吃人的胆，它从来不敢和人正面交锋。狭路相逢时，你觉得狼好可怕，其实狼也害怕你。

　　人们常说，谷洞里打狼是"两怕"，你怕它，它也怕你，谁输了胆，谁就输了性命。狭路相逢，你不动，它也不敢动。你进一步，它就退一步。你只要退一步，它就会扑过来。你要大着胆子喊着向它冲过去，它会吓得掉头就逃，一路拉白屎。

　　只有知道这些，你才会理解有人为什么敢与狼共舞，也才能体会到与狼共舞是多么有意思。

　　虽然这么说，人却不能不对狼有所警惕。不但要防它偷袭，也要避免与它正面交锋。凭力气，你是绝对拼不过它的。但如果形势迫使你不得不与它面对面拼杀一场，你一定不要企图像武松打虎一样打狼的天灵盖。有道是，狼生的是"铁脑袋，高粱秆腰，麦秸秆儿腿"。如果可能，先照腰上打，最好先打断它的腿。在你手无寸铁又不得不与狼拼杀的时候，你绝不能让狼知道你是赤手空拳，你要装出拿着长枪或棍子的架势来。

　　"狼怕戳，狗怕摸。"即使地上什么也没有，只要你弯腰作出摸石头的样子，狗准夹了尾巴掉头就跑。狼也是。只要你作出戳它的架势，向它冲刺，它便会逃之夭夭。

　　与狼相持的时候，你若望到或者听到远处有人，你可以向远处的人发出求救的信号，我们乡里人管这种信号叫"喊号"，就是长长地"噢——"一声。

　　"噢——"

　　就那么一声，与信号灯一样，是走夜路的人们最原始、最有效的救援信号。不光是有狼的时候"喊号"，一个人走夜路因为疑神疑鬼而胆怯的时候也可以"喊号"。说是"救援"，"搭号"的人并不"驰援"。只要"搭号"的人搭一声号，救援的目的和效果就有了。远处行夜路的人隐约听到有人发出一声救援的信号，便知道有人在行夜路的时候遇到危险了，抑或是行路人胆怯了。不管是谁，不管什么情况，听到别人"喊号"，都会作出回应，也是长长的一声"噢——"

最危险的是怕没有人搭号。估计搭不上号的时候，你便不可以喊号了。一旦无人搭号，狼会知道你求援失败，你是孤军深入，你是单打独斗，这会增强狼向你进攻的信心。

不过，只要有人听到你喊号，他肯定会搭号，他不会拒绝应你的救援信号。那是生命的呼唤，那是生命的救应，是山里人的生命之约。

狼也是。狼对着天空嗥叫，或把嘴吻在地上长嗥，那是狼在发信息、通警报，呼叫同伴一起抗敌。狼的集体意识很强，只要听到召唤，都会不顾生死立即奔赴"战场"。

只要你打败过狼一次，它会像曹操一样传令三军，把你的英名写在"襟袍"下边，在一定范围之内，你再与狼相逢，不管是不是上一次那只狼，它都会对你退避三舍。

我的老邻居润爷有个可爱的儿子，被狼叼到靠山后吃了，润爷天天夜里拿把疙瘩镰，到靠山后找狼算账。人们都说靠山后是"杀口"，是"狼打架，鬼说话"的地方，白天都很少有人路过，更没有人敢走夜路。但润爷为儿报仇心切，不避鬼神，不惧虎狼，夜夜单身闯入靠山后。但狼却始终没有给润爷一个复仇的机会。狼太精明了。

在我们村子里，有过狼与狗的故事。一条看羊狗把狼打败之后，那条狗只要傍晚在村边溜达一下，留下它的一点气味，所有的狼便不敢靠近村子。那条狗已经老到走不动了，但人们只要把它抬到"卧场"转一圈，狼一整夜都不敢来侵犯羊群。

另一条狗是被狼打败了，狼与狗便达成一个协议，让狗做"奸细"，羊群在"卧场"的时候，狼在"卧场"的塄下等着，狗把一只羊悄悄逼到塄边给狼推下去。那条"奸细"狗把羊送给狼的行为，被牧羊人发现后，得到了应有的惩罚。

狼怕火，倘若不得已在野外过夜，你只要烧上一堆篝火，便可傍着篝火放心睡觉。牧羊人在"卧场"周围烧几堆篝火，狼就只能远远地望"羊"兴叹。

狼狡黠，行事犹豫不决，但有一件事，它却做得非常果断。一天夜间，一只狼被村上人设置的夹子夹住了一条腿，它跑不掉了，它着急，它狂躁，它疼痛难忍，但它却并没有嗥嗥大叫。看着挣脱无望，狼便毫不犹豫地把夹着的那条腿"嘎巴嘎巴"啃断了。人们觉得那种景象有一点惨不忍睹，但佩服狼的坚韧、果断、干净、利索。

狼的报复心很重，如果村上人打死一只狼，便会招来群祸。群狼会集体到村子边整夜整夜地嗥叫，疯狂地闯入村子里，闯到羊圈和猪圈里，闯到牛圈和马厩里，把牛、马、羊、猪都咬死。

人们都说狼是直嗓子，叫声难听。但"狼啸月夜"却似乎很有诗意。不管新月残月，不管月圆月缺，只要有皎皎月色，狼便会蹲在山头，对月长啸。那长长的啸声，如一支竹箫，和着月色，给人无限遐想。

狼残暴，却不乏温情。狼野性难泯，却很"顾家"。狼夫妇都在尽可能地做到形影不离且相亲相爱、相濡以沫。尤其是公狼，宁肯自己饿肚子，也要把胃里的食物吐出来，给"坐月子"的母狼，或喂给已经会吃肉的狼崽。

在我的家乡，曾经流传有一则故事，说明狼是可爱的，也是可敬的。故事说，有一位母亲带着两个儿子与狼相遇，她紧紧地抱起丈夫前妻的儿子，却不得不把自己的亲生儿子丢给狼。第二天父亲知道后，急切地要去救孩子，邻居们都说，已经过了一个夜晚，孩子怕是已经被狼吃掉了。父亲也想，儿子肯定是没有了，但他还是想去看看儿子遇难的地方。他远远地就看见了那只狼，它一会儿焦急地兜圈子，一会儿又卧在地上。那父亲怀着丧子之痛扑过去打狼。当走到那块地后塄，他惊呆了，他的儿子还活着，那只老狼在看护着孩子。老狼怕冻着孩子，抱着孩子取暖，嗓子里还不断发出轻柔的、催眠曲似的呼呼声。看见孩子的父亲，老狼才用爪子拍拍睡熟的孩子，姗姗地走开了。

　　人们大都听说过狼孩，但我觉得与我的乡亲们讲的故事、意味和旨趣大不相同。只是不知道那是只母狼还是公狼。倘若是母狼，说明天下属于母亲应有的柔情和慈爱，人的母亲和母狼都有一样的品质。倘若是只公狼，故事就显得更加意味深长了。

　　我不知道乡人为什么要这样赞颂狼，大概他们也深知动物是有两面性的，任何动物都一样。表面看上去很善良的人，不也会包藏狼子野心吗？人性尚且难全，又怎么可以以残缺的人性去责备兽性呢？

　　小麦扬花时节，人们往往也会想到狼。狼会在春天出麻疹，奇痒难忍，便在小麦地里到处奔窜挠痒，于是狼就成了小麦传授花粉的主要媒介之一。

　　狼崽大部分死于麻疹，看到狼从麦垄里蹚过的痕迹，女人们总会叹口气说："哎呀！可怜狼儿又患麻疹了。"

脯　　红

窗外雨雪霏霏，却是一个很明润的冬季。炉火很旺，燃烧产生的气体已经全被烟筒抽到室外去了，屋子里空气清新，越发显得温暖如春。

自从梅姑娘来了后，窗台上的迎春花就有了一点一点的蓓蕾，墨绿的叶子，细细的嫩条，淡黄色中略带一点红晕的花骨朵儿，都显得精神起来了。梅姑娘在上头淋一点水，迎春花就鲜活得要有一片笑声似的。

梅姑娘是孩子们的表姨，那年冬天，她来给我家帮忙，那时候梅姑娘大约十五岁。梅姑娘来的时候，带了一株迎春花，栽到一个花盆里，放在窗台上。她总是及时浇水，总是把迎春花浇得湿淋淋的，也总把窗台抹得干干净净。

雪光映在窗户上，儿子和女儿在放着迎春花的窗下做作业。

屋子里很安静，静到只听见笔在纸上写字的沙沙声，像小小的蚕儿咬桑叶的声响。

突然，窗玻璃上传来一种声音：叮……叮叮……叮……叮叮……，一声，两声，轻轻的，很清脆。

听到声音，姐弟俩抬起头向窗外看。孩子们看到什么了呢？他们的小脸儿一下兴奋得都红润起来。儿子似乎想说话，却被女儿制止了。接着，姐姐拉了弟弟，猫着腰到我面前，一人拉住我一只手，压低声音说："爸爸，你快去看呀，窗台上有一只鸟儿。"

雪下那么大，哪会有鸟儿落到我们的窗台上呢？

"真的，是一只鸟儿……"儿子说着，用力拉着我。

"爸爸，你快去看，一只多么漂亮的鸟儿呀，说不定一会儿就飞走了呢……"女儿说。

我扭头向窗外看，窗外雪花飘飘，织成了一张细密的雪网。我起身就要往窗跟前走过去，儿子挡住了我，说："爸爸，猫下腰……"

儿子说着，自己先猫了腰，两只小手放在胸前，活像一只捕鸟的小猫。女儿也紧紧抓住我的胳膊，贴在我的身边，生怕惊飞了窗外的鸟儿。梅姑娘笑着对孩子们说："没事儿，鸟儿不会一下子就飞走的。"

说着，就用小铜勺柄在窗玻璃上"叮叮"地敲了几下，小鸟也回应似的"叮叮"地啄了几下窗玻璃。只是，用小铜勺柄敲出来的声音，没有鸟儿啄出的声音好听，也没有鸟儿啄出来的声音那么清脆悦耳。

我听了梅姑娘的话，就直着身子向窗台靠近，还未等我看清楚，那鸟儿就飞了。

孩子们怨我，我就埋怨起梅姑娘来。梅姑娘笑着说，那鸟儿还会回来的。说着，梅姑娘就去米袋里抓了把米，掀起门帘走出去，将米放在窗台上那个小碟子里，然后仰起脸，向天空张望。

雪花落在梅姑娘笑盈盈的脸上，梅姑娘脸上的红云立刻就把那雪花化成晶莹的水珠儿。孩子们怕把梅姑娘冻着，就喊梅姑娘快回到屋子里来。梅姑娘回到屋子里，一边撩起兰花围裙擦手，一边对儿子说："你不是听到鸟儿啄玻璃的'叮叮'声了吗？那是鸟儿在跟我们讨米吃。窗台上已经放上米了，鸟儿一会儿就会回来。"

儿子问梅姑娘怎么知道鸟儿是在讨米吃，梅姑娘说："下雪天，鸟儿都是这样……"

梅姑娘话音未落，小鸟儿果然飞回来了。小鸟儿没有先吃米，而是先啄玻璃，叮……叮叮……

"小鸟儿还在讨米吗？"我问梅姑娘。梅姑娘笑了，说："小鸟儿在说话，小鸟儿说'谢谢，谢谢……'"

我不停地点头，心里很感激梅姑娘。孩子们也一会儿望望那鸟儿，一会儿看看梅姑娘，眼睛里、小心儿里都在说话，好像在说："谢谢梅姑娘。"似乎没有梅姑娘，就没有那好看的鸟儿。

鸟儿在窗台上一心一意地啄米吃，这就让我有机会观察它了。

真的是一只俊鸟啊！俊秀的小腿儿，俊秀的小爪子，俊秀的小脑袋，俊秀的身子。背上的羽毛是褐红色的，越往下颜色越淡，渐渐淡到两腿之间，就成了淡黄色。胸脯上有如杏儿大的一抹朱红，就像一朵盛开的玫瑰花儿。鸟儿一边啄米，一边来回跳跃，细长的尾巴一颠一颤的，样子很是楚楚动人。人们常说，世界上有吉祥的鸟儿，恐怕这鸟儿就是了。你看，那鸟儿站在窗台啄米的情景，显得那窗外的雪天景色又温暖又祥瑞，就连屋子里也格外地温馨和滋润了。如果这窗外能常常有那么一只鸟儿该多好啊！

但是，没有。这里没有绿树，没有青草地，没有花，也没有水塘。这是一片水泥世界，太枯燥了，鸟儿是不会常来的。

"然而，"我问自己，似乎也在问梅姑娘，"今年怎么会有那么俊的一只鸟儿呢？"

梅姑娘说，她也不知道怎么会有一只鸟儿落到这里，她也没有感觉到有什么异常。

儿子忽然对我说："爸爸，是不是因为窗台上有了那盆迎春花？有了绿，就有鸟儿。"

我也觉得眼前忽然亮堂了："是的，因为有了一盆绿生生的迎春花，小鸟就来了。"

梅姑娘也说是的，应该是这样的，在她们山里，就常常有鸟儿飞来飞去，因为山里到处是绿，早晚都有鸟儿叫得那么好听。我问梅姑娘知道那只鸟儿叫什么名字吗。

"应该是只脯红……"梅姑娘说。说完，她就笑了。

孩子们也笑起来，说："脯红……真好听！"

"是因为鸟儿胸脯上有一抹红吗？"我问。

梅姑娘说："是的，山里人都是这么说的。"

整整一个冬天，脯红天天来到我们窗台上讨米吃，来了就啄窗玻璃：叮……叮叮……

春天来了，地里活儿忙了，梅姑娘该回山里去帮助父亲种地了。梅姑娘走后，我们天天去窗户跟前看，就是不见脯红来。女儿和儿子天天抓了米往窗台上放，窗台上已经放下一小堆米了，还是不见脯红来。

脯红不来，儿子和女儿都很失望。

脯红不来，没了清脆的"叮叮"声，小院里显得很寂寞。

迎春花开过之后，也已经没有了那淡淡黄色中带一点红晕的蓓蕾了。

一天，儿子突然摇着我的胳膊问："爸爸，梅姑娘什么时候来呀？"

我想了想，对儿子说："等到冬天吧，下雪的时候，梅姑娘就来了。"

蜜　　蜂

　　马文爷是我们的老邻居，他曾经是个养蜂的老把式，在院子里养着五窝蜜蜂。

　　马文爷会用荆条编篓子，他把荆条篓子糊上麦秸泥，横着放在楼上的窗口上，给蜜蜂做窝。

　　一群一群的蜜蜂，一到春天、夏天、秋天，都会"嗡嗡"地叫着，到处飞着去采蜜。

　　冬天，马文爷把蜂窝封好，让蜜蜂在窝里暖暖地过冬。

　　说是封了窝，但毕竟还是留有一个小口子。口子的大小，仅能容纳一只蜜蜂进出。

　　在冬天阳光暖和的日子里，蜜蜂会通过小小的口子走出来，面对着蜂窝，"嗡嗡嗡"地飞鸣。马文爷告诉我们，蜜蜂在冬天不采蜜，它们在"朝王"。

　　"朝王"时候的蜜蜂飞的速度会非常快，每一只蜜蜂飞在空中都会带出一条细细的线来，无数只蜜蜂就像无数条细细的线在空中交织，它们都"嗡嗡"地叫得很急，却并不向远处飞去，只在窝边大约两米的地方穿梭一般急急地飞行。这个时候的蜜蜂最容易蜇人，尤其是生人，特别是刚吃过生蒜的生人，只要走进马文爷的院子，蜜蜂就会向你扑过来。

马文爷说，春天的蜜蜂一般很少那么凶。春天，天气暖和，阳气上升，所有的生物都处于生命的蓬勃时期，所有的生物的情绪都很平和，所有的生物之间都保持着一团和气，它们都在一心一意地为自己生命的延续与"事业"的发展忙碌。蜜蜂最忙的时候不惜飞行数千里之远，采集花粉，制造蜂蜡，修筑巢穴，繁殖幼蜂，酿造蜂蜜。只有在冬天，蜜蜂才显得那样的急躁与刻薄，因为冬天的蜜蜂并不富裕，它们所储存的食物——蜜品，到冬天是很有限的，每只蜜蜂都有一定数量的分配，它们需要"节衣缩食"，它们不得有任何浪费。在它们所储存的蜜品中，首先得保证它们的蜂王能得到充足的供应。这个时候它们最警惕敌人入侵，一旦发现可疑迹象，它们便会以自己的性命出击，以保卫它们蜂巢的安全，保证它们神圣的蜂王不受侵凌。它们的警惕性要一直保持到太阳落山的时候，要到马文爷把蜂窝上那个让蜜蜂进出的小口堵上的时候。

小时候不懂事，看到蜂群"朝王"时，我们会惊呼："分蜂了！分蜂了！"

马文爷告诉我们，蜜蜂到秋天就不分蜂了，更不要说冬天。"秋后蜂，一场空。"秋后分蜂，新的蜂群没有足够的食物让它们安全度过寒冷的冬季。即使在大山深处的石洞里遇到一窝蜜蜂，有经验的养蜂人也不会去收蜂。越冬没有食物，整个蜂群就会被全部饿死。就是马文爷，也不敢收秋蜂。如果实在不得已，马文爷把秋蜂收回来后，会煮一些小米饭，拌上红糖，拿来喂养蜜蜂，来"度活"蜂群。

分蜂一般在春天或者夏天。春夏的中午或者晚上，常常会在村子的上空，看到分出来的蜂群。看到"嗡嗡"飞行的蜂群，孩子们便会狂呼："分蜂了！分蜂了！"

听到孩子们的喊声，大人都会从家里跑出来看分蜂，也会很惊异地呼喊："分蜂了！分蜂了！"

村上的所有人，都会从家里涌出来看分蜂。

看分蜂，不光是因为那蜂群好看，分蜂还会给人们带来很大的情感波动。

湛蓝的天空下，一群褐黄色的小蜜蜂"嗡嗡"地在空中飞过。我们不能看见每一只蜜蜂，只能看到一张褐黄色的用细细的丝线织成的"蜂网"。蜂群有一点彷徨，它们的飞行速度并不十分快。它们在村子的上空，在湛蓝的天空下徘徊。蜂群似乎有一点犹豫。将要远离故地，离开久居的平安之所，离开日夜一起劳作的"工友"，它们似乎有一点舍不得。也就是说，故土难舍。在这一点上，蜂与人几乎没有区别。

分蜂的蜂群不光好看，那"嗡嗡"的叫声也好听。在人们心目中，那一群小精灵是漫天的财富，几乎不用任何投资，不用承担任何风险，山间的野花就会集聚成蜜。

人们说，蜜蜂飞财。然而，马文爷说，"飞财"也并非人人可得，只有具有"飞财命"的人才可以拥有"飞财"。

眼睁睁地看着那么一大群"飞财"在空中飞走，人们又是着急，又是惋惜。有想得"飞财"的人，忙拿了粪勺，把沙土、灰渣扬向空中，只希望能把蜂王打落，蜂王打落到哪里，蜂群就会聚集到哪里。蜂群从老窝里被老蜂王分出来的时候，带领它们的，是它们选出来的新蜂王。它们的新蜂王还不太懂事，身体又太肥，飞行起来相当困难，于是就需要几只工蜂抬着它、架着它，飞呀飞呀。而一旦有人扬沙土、灰渣，蜂群就会聚集得格外紧密，紧密到近乎一团，以保卫它们的新王。拥戴新王的工蜂们，也会把蜂王抬向更高的天空，它们抬得越高，灰土的命中率就越低。高高飞行的蜂群，看似不知所往，但它们却有自己的既定目标和方向。它们的新王并不知道应该飞向哪里，它既没有指挥才能，也没有择地而居的本领。在分蜂之前，老蜂王早就派了有经验的工蜂出去，选择了有山有水、花木茂盛的地方供它们栖息。

是的，我们相信自己所拥有的知识，我们似乎懂得，只要有山有水、花木茂盛，蜜蜂便可以生存。

其实问题并不那么简单，马文爷告诉我们，蜂王在派出工蜂择地的时候，除了自然条件，还有一个文化条件，就是择一处安全之地、吉祥之地。既要择地，也要卜地而居。

春　蚕

幼蚕黧黑，像小小的黑蚂蚁一般，我小时候叫她丑丫头，虽然她后来渐长渐白了，但我却嫌她白得太单调了。

人们都喜欢蚕，尤其喜欢春天的幼蚕。

春天来了，实际是酥酥的春雨才送了一个春的消息，春蚕就应春而生了。

在我的家乡，早春的蚕只吃一点点"扑楞哥儿"，就是蒲公英，也有叫"黄花地丁"的。实际上，唯有蒲公英才肯伴着春蚕一起应春而生。

你也许会问我，蚕不应该吃桑叶吗？

是的，蚕是吃桑叶的，所以应该叫"桑蚕"，吃柞叶的叫"柞蚕"。

但春天蚕出生的时候，桑叶还在料峭的春帐里做梦呢。

每当看着那小小的黧黑的幼蚕，我总觉得我看到的是一点一点的小生命。是生命的精灵，在偌大的一个春天求生。

所以，春天早早地就派蒲公英来了。早春二月，嫩嫩的蒲公英太可爱了。

早春的世界是洁净的，好像只有早春二月才属于蚕，也属于蒲公英。

早春宜蚕，我奶奶总是这么说。其实，最宜蚕的是蒲公英。

　　我们的蚕是在二月孵化出来的。天气还冷，奶奶就把蚕卵从炕头上的灶爷板儿上拿下来，用棉花包了，放在砂锅里，煨在火边。

　　蚕宝宝孵出来了，黑黑的，一点一点的小黑点，要不是会动，会以为是剪碎了一头发丝呢。

　　拿鸡毛把幼蚕扫下来，扫到一床事先做好的薄薄的小褥子上，再用一块新红布盖住，说是怕蚕儿感冒，也怕它中了邪气。之后，再往门上挂一根红布条，这是忌生人的。按乡俗，门上挂红布条是婴儿新生时才要的，怎么有了蚕宝宝的时候也要挂红布条呢？奶奶说："要的，孵了幼蚕也与生了婴儿一样，是不要生人进来的。"

　　二月是没有桑叶的，喂蚕用的是"朴楞哥儿"，就是蒲公英的叶子。春天，街头巷尾的屋墙根边，就会有绿绿的一点一点，这无疑便是"朴楞哥儿"了。把鲜嫩的"扑楞哥儿"叶子掐回来，用清水洗干净，晾干，剪得细细的，撒给小蚕儿吃。采蒲公英不能采带露水的，奶奶说，蚕儿太小，吃了带露水的叶子会闹肚子，就死了。

　　蚕儿吃过几回蒲公英，就进三月了。

　　当蒲公英把黑黑的蚕养成了小小的、有一点泛黄的白蚕时，桑叶就该接班了。时间差不多就到三月了吧，国人不是早就把三月唤作"蚕月"了吗？

> 蚕月条桑，
> 取彼斧斨，
> 以伐远扬，
> 猗彼女桑。
> ……

　　《诗经》上就是这样说的。三月开始修剪桑枝，用斧子砍去那些远扬的枝条，而后缘着树枝采摘柔嫩的桑叶。

春日载阳，

有鸣仓庚。

女执懿筐，

遵彼微行，

爰求柔桑。

……

三月之月，天气和暖，黄莺儿在桑林间啼啭，女人们挎着筐子沿着田间的小路，去采摘鲜嫩的桑叶。那场景，那情状，我小时候的记忆与《诗经》中的描述太相似了。

三月的春风暖暖的，催着桑树生出一片片的细叶来。等大片大片的桑叶铺开时，蚕已三龄。白生生、晶润润的蚕，就像一头扎进高等学府的莘莘学子，就像渴望知识的人扑在书本上，一个个埋头在那绿色的"书页"里，一页一页地翻，一页一页地读，那么用心，那么细心。是在寻找能够铸造生命的文字吗？是在查找能够美化心灵的诗赋吗？

沙沙沙，沙沙沙……

在月光下听见的，是美妙的天籁，是生命的交响，是最能打动人心的小夜曲。只要耳边能常常听到蚕儿的声音，性格再暴躁的人也会变得温婉些了。

烦了，累了，闷了，你就去看看蚕，守在蚕房里，听听蚕的声音，你的身心会立刻感到轻松，感到安宁，感到一种无限幸福的恬静与闲适。

即使是最容易失眠的人，只要听到蚕的声音，也会不知不觉地安然入睡……

不信吗？你就去养蚕的地方做个实地考察。养蚕的乡村必定有淳朴的乡俗，养蚕的家庭必定有良好的家风，饲蚕的奶奶总是那么慈祥、那么善良，饲蚕的姑娘都是那么心灵手巧、那么温柔贤淑。

所以，我的乡邻们年年总要养些蚕，哪怕只有十条八条呢，他们总是那么精心，那么在意。

他们管蚕不叫蚕，他们总是满怀虔敬之心、满怀爱意地将蚕唤作"蚕姑姑"。

他们在蚕房门上缀块红布，在蚕房里插几枝新艾、点一炷沉香。

因为实惠吗？我想不仅仅是。就像要种三株两株茉莉，或是几棵竹，几枝梅，几丛芍药，几丛月季一样。

可以自慰，可以自律，可以陶冶子孙，可以让源远流长的淳朴家风与乡俗得以代代流传，生生不息。

啊！养蚕原来是为了养德！养蚕居然可以养德！我太吃惊了。

遗憾的是，凡我读过的名篇佳作，竟然很少有诗人或文学家专门下笔写蚕，写出关于蚕的名著。

不会是因为蚕默默无语、不善辞令吧？从出生到寿终，谁见过蚕用好听的歌声去打动过人呢？

蚕是那么朴实无华，她从不炫耀自己，不会带着斑斓的色彩翩翩起舞，逗得人眼花缭乱、心旌摇荡、魂不守舍。

眼前有景道不得。是因为蚕的生前身后本身就是一部名著吗？

也许是的。她气质高贵，仪态端庄，举止娴雅；她冰清玉洁的体魄，澄思静观的身姿，柔而不弱，不怯不懦。

三眠三思。蚕在想什么呢？蚕想干什么呢？

食几茎绿叶，吐一片锦绣。她与蜜蜂一样，是吗？

所以我说，蚕太神圣了，太崇高了，太伟大了！

"春蚕到死丝方尽。"仅此一句，足以为千古绝唱。何其悲壮啊！

蝴　　蝶

那是一只非常美丽的蝴蝶。

它飞来飞去，总是扇动着那美丽的翅膀，好像要把周围的空气也扇出颜色来似的。

是它的主观意志呢，还是本能？是不得已而为之吗？

它显得那么自由自在，它不是奉了谁的旨意，也不是受了谁的迫使。这一点我是肯定的，否则，它不会有那么好的舞姿。

蝴蝶是美丽的，这是谁都承认的事实。人们看见蝴蝶的时候，谁也没有去想它的历史。它现在那么美丽，又何必苦苦地去追寻它那令人伤感的过去呢？

我们并不是一定要显得自己很宽容，其实我们人类无时无刻不是为了自己而活着。

每当一只美丽的蝴蝶从我眼前飞过的时候，我就会感到一种说不出来的愉悦，一不小心，就会激动起来，禁不住惊喜地叫一声，也不管失态不失态，就去扑捉。等到它倏地飞过墙去，我又会无端地生出一种莫名的怅惘。

美丽，神秘，遥远。真真切切，又扑朔迷离。你不由得就喜欢上了它，想亲近它，想到近处去真切地看它一眼。可它会认为那是对它的轻蔑，它会愤怒地飞走，但它留下的影子会让你心荡神迷。你一会儿觉得你是真切地站在自己脚下的土地上，一会儿又觉得那块土地上站的根本就不是你自己，那只是你的影子，你的灵魂，你的心。

倘要说到品格，我就不知道该怎么评价蝴蝶了。主观上说不讲过去，客观上又总难割断历史。

我们并非刻薄，也不是计较，只不过为了探究事物的奇异现象罢了。

它的前半生是拼了命似的吃植物的叶子、花，还有果实，它恨不得连植物的茎与根都噬咬到屑沫不剩。但不管怎么说，我都不愿意把那一段时间算给蝴蝶。那不是蝴蝶，那是它的幼虫阶段。一切责任都应该由幼虫来承担，与蝴蝶一点也不相干。

蝴蝶从蛹内孵化出来后，好像攻读了一次德育学校，获得了一个道德博士的学位，尽做起好事来。从这一枝花，到那一枝花，再到另一枝花，总是忙得不亦乐乎。人家说蝴蝶轻佻，说蝴蝶华而不实，蝴蝶也全然不顾，只一心一意地给人家卖力气，为他人作嫁衣。

那么，蝴蝶是想赎尽前半生的罪孽吗？

蝴蝶是尽善尽美的，它既不会攻击谁，也不会嫉恨谁，绝不会背后下黑手。落井下石的事，蝴蝶更加干不出来。"穿戴"那么鲜艳，蝴蝶却决不媚俗；性格温柔到几乎是柔弱的，蝴蝶也决绝地不事权贵。蝴蝶给人间送来春天，却从不吵吵闹闹与人争长论短。蝴蝶总是想方设法让人间永远保持温煦、和平、宁静与安谧，总想让人世间遍布灵性与智慧，少些盲目与丑恶，多些和谐与相宜，少些战争与灾难。美是蝴蝶的追求，善也是蝴蝶的追求。真实，又何尝不是蝴蝶的追求呢？否则，庄周怎么就一定要梦见蝴蝶呢？为此，入诗入画的也就只有蝴蝶了啊。

我好久没有看到蝴蝶了，我们的生活中怎么可以没有蝴蝶呢？就像不能没有文字一样，倘若没有蝴蝶，要说那就是一种文明的生活环境，我想是最糟糕的事。当然，我们也不能老是怨天尤人。扪心自问，就连自己也难给自己找出一个满意的答案，不是吗？自己究竟给蝴蝶营造了一个怎样的环境？凭什么就想招来高贵的小天使呢？

　　夏天，我在院子里种了几株茉莉，株形很好，花也开得繁茂。美是真的。然而那种美只是一种静态美。静态美当然也是美，也是难以求得的一种美。可那静态美毕竟太静谧、太雅静，太接近沉寂了，让人时刻都容易在沉寂中昏昏欲睡。如果睡不着，就不免要回首往事，回忆在人生途中或因不够谨慎，或因欲望太深，而失去了最珍贵的。比如该买却未曾买的一本书，比如应该及时写却迟迟未写的一封信或一篇文章，或者就失却了一份珍贵的友情……那浓烈馥郁的花香，只会熏得人沉沦于无底的怅惘之渊，虽然那也是一种美的怅惘。

　　只有美丽的蝴蝶飞来的时候，那美才算是美到极致了，美就有了活力，人间就有了活力，如微风乍起，给池泊中的止水平添了一点漪澜。静中有动，动静总是相宜。有了动感，就让人振作精神。精神振作起来回顾历史，回顾的效果，就纯粹成了前瞻。看看历史的高度，想想自己该怎样超越。看看前程，尽管一路锦绣，却不可以有目不见荆棘丛生，也不要忘记了任重而道远。既然如此，仍需我们念念不忘，"筚路蓝缕，以启山林"。

　　出于爱美的缘故，一位少女把捉来的一只蝴蝶，压在一本厚厚的书里。我是无意之中打开那本书的，但我却有意认真看了看那只美丽的蝴蝶。蝴蝶已经死了，但它仍然是一只美丽的蝴蝶。它静静地躺在那本书里，它周围密密麻麻的都是辉煌的文字。它是那样的安详，那样的舒展自如。

　　是的，只有逸着墨香的书页，才配做它的墓地；只有阅历过三千年风雨的密密麻麻的文字，才配为它殉葬。

　　蝴蝶死而无憾，蝴蝶死得其所。

胡蝶梦中家万里，
子规枝上月三更。

蝴蝶已经死了，但它留在后来的时间里的，是个一觉三千年的蝴蝶梦。

蝴蝶曾经飞过。

石　榴

石榴终于熟了。成熟了的石榴，压弯了石榴枝。使那本来就弯弯柔柔的石榴枝，显得更加婀娜了起来。成熟了的石榴，就像院墙下小藤椅子上坐的那个少妇，都有一种很健康的紫棠色。淡粉色的果肉，玉色一样莹润的石榴籽儿，晕出来一点淡淡的红。

大石榴笑的时候，也如那少妇笑的时候，都一样好看。饱满的石榴品质早已经像少妇的心一样崇高，她自己腹中的小生命，不是也正在成熟吗？那是晶莹得如叶子上的露珠一样的小生命啊！少妇想着，心里就有一种幸福感在涌动，就像洗了一个温泉浴，那种幸福感自头上经过肩胛和胸之间到达心里。那少妇微微地笑了。那鲜艳的唇微启时，使人顿感"齿颊生香"这个词，就应该是这样来解释。

石榴长得多么好看啊，那才真正地叫硕果累累呢。一个，一个，又一个……风一吹，都在枝头摇摆，仿佛就要掉下来似的。一个个都那么大的个儿，真不知道那么纤弱的石榴枝，怎么就能长出那么大个子的石榴来，她又怎么经得住那么多的石榴的重量的呢？

风来了，石榴枝就随风摇曳起来，石榴就又摆动起来。那少妇担心石榴会把一条又一条纤纤的石榴枝压折，就想用手去捧着石榴。但是，捧了这一个，那一个就摆动得要掉下去。捧了那一个，其他的也将会掉下去。站在石榴树下，她有点儿忙不过来，有点儿不知所措。

　　石榴因为自己的果实成熟而变得沉重起来，少妇是不是也因为孩子的成熟变得沉重了呢？不过，不管风怎么吹，石榴枝还是没有被折断。是呀，做母亲的总是能够负重的。就像人们所说的那样，女子本弱，为母则刚。

　　大自然多么美好啊！大自然能给人启迪，给人灵感，给人安抚。大自然和人心是相通的。心是一样的，道理是相通的，情感也是相通的。要是没有院子里的那棵石榴树，她不知道该有多么孤独。她很感激她的丈夫，是他大学毕业的时候，在那个小院子里给她种下了那一棵云南石榴。他说，云南石榴个大，液汁清澈，像蜜一般甜。他说，等到他再回到那个小院子里的时候，小院子里定然榴花似火。就在榴花似火的时候，他们沉醉在欢乐和幸福之中。现在，他与她偎依着，坐在石榴树底下，一起读郭沫若的《石榴》。

　　他心里充溢着阳光。他对她说，他有科学依据，就是在幸福中孕育的孩子，会有无限幸福；在欢乐中孕育的孩子，会有无限欢欣。新生命在榴花似火的季节生长，他的生命一定会像火一样热烈，像火一样红。她幸福地笑了。对着他，对着她的爱人。她想，要是是个女儿呢？要是生个女儿该有多好！于是，她在月亮升起的时候，就静静地坐在石榴树下，让月魂月魄与那美丽的传说一起浸润她女儿那尚在沉睡着的灵魂。

　　她想，女儿不但该有月光一样的肤色，也该有月光一样的心灵，就像月光那样自然而单纯。

　　在月光中，她常常想起她读过的许多古人关于月的诗句。不过，在那么多的关于月的诗中，她最喜爱的一句竟是"海上生明月，天涯共此时"。每次想起这句诗的时候，她都能听到很美妙的乐曲，那是大自然的乐曲。

　　青春与生命的果实，就在这一年的夏天成熟了。就是那一个夏天，一个石榴绽开笑容，又一个石榴也绽开了笑容，一个一个石榴都绽开了笑容。这就是那饱满的籽儿成熟的盛夏的日子！那是一个新生命诞生的夏天。

　　远处有一个足球场，有一群孩子正在踢足球。阵阵的喊声传过来，仿佛也给她带过来一束能够照彻生命的永恒的光芒。忽然，她觉得，她身体内孕育的一定是个男孩。她将要生产的难道竟是一个顽皮的小男孩吗？一朵红云立刻不自觉地飞上她的脸颊。多么幸福！从她腹中诞生的，将会是一个对人类有所贡献、更有价值的生命，是一个崇尚和平、自由，具有现代意识和科学精神的新生命。就像石榴籽一样莹润，一样丰盈。那生命也许是平凡的，但是她想，她会让他有价值的。她要培养他、教育他。她将把母爱全部给他，让他用像母爱一样的爱去爱人、爱世界。她真的想为他唱一支歌，为那生命的诞生，唱一支幸福的赞歌、夏天的赞歌。

　　石榴裂开，溢出来一滴液汁，清亮得就像早晨的一滴露水，像夏天的一滴新蜜，挂在石榴籽上，逸过来一点清冽的香气，引诱那少妇馋得去吮吸、去舔舐。那是一滴甘露，那是生命的精品。她如痴如醉一般，把嘴唇一直停留在那细碎如玉石般的石榴籽上，吮吸，拼命地吮吸。那是母亲的需要，也是婴儿的需要。因为，那是一个夏天，烈日炎炎的夏天，生命和心灵太饥渴了。

　　当然，她对那炎热的夏天是无可奈何的，她什么也管不了，她压根儿就没有想过她可以管得了夏天。她只知道不顾一切地吮吸，吮吸，吮吸……反正，她需要，他也需要。她想，母亲与孩子都需要大自然的哺育，需要大自然的馈赠。

　　突然，一阵剧烈的疼痛袭来，痛得将要做妈妈的她轻轻"嗯"了一声。她扶住那棵苗壮的石榴树，喘息了一小会儿。她意识到是他，那个调皮的儿子，很可能是在梦中踢足球，不小心踢在了妈妈的心肝上。

　　她宠溺地笑了，还骂了声："小捣蛋鬼！"

二　丑

　　二丑的别名真多，草金铃、黑牵牛、白牵牛、喇叭花、牵牛花、黑丑、白丑、黑白丑……简直就是一串又一串玉石珠子，抑或是一串又一串珊瑚或者玟瑈珠子，能让人玩赏，也能让人拿来装点世界。

　　但我更喜欢二丑这个名字，它简洁、明了、生动、朴实，尤其亲切。

　　因为喜欢二丑，刚刚开春，我就把几粒二丑的种子丢在屋前的廊脚缝里，天天去看她，去给她浇水。有一天，二丑长出来了。细细地数了数，一个，一个，又一个……嫩嫩的小芽儿破土而出，每一个小芽儿都有两个嫩黄的芽瓣，芽瓣顶着种子裂开时残留的坚硬的紫褐色的外壳，低着头，像是有一点羞怯。那小小的紫褐色外壳从土里拱出来，先是扣在嫩芽的头上，像是在保护嫩芽，又像是在欺负那嫩嫩的小芽儿，不想让嫩芽儿看见世界、看见阳光。但嫩芽儿却不愿意了，慢慢把壳顶脱落下来，就像是天气热了，毅然掀掉了头上那顶小棉帽。嫩芽儿把那顶坚硬的"帽子"拿开，冲出外壳的叶芽嫩得让人心疼。我起初担心，那一个一个小小嫩芽儿会被太阳晒死，但是，我的担心是多余的，那淡黄色的嫩芽儿不但不会被晒死，见阳光多了，便一片一片地变成了淡绿，变成了深绿，变得非常强壮。她在自己生、自己活、自己成长，大自然给了她生命的活力，又在一天天地考验她。那二丑终于是经得起大自然的考验了。幼芽先是把低着的头挺起来，眯着细细的眼睛笑着，仰望着天空，像一个又一个羞羞怯怯的小女孩儿，幼稚、单纯、青涩、天真。

　　转眼之间二丑就长大了，先是长出了一片叶子，接着又长出来一片叶子。又过了几天，就长到了绿叶蓬勃。这时候的二丑，似乎已经懂事了，她突破了自己对世界的认知，觉悟到自己的成长不能单纯依赖大自然了，应该有自己的经验和路径，应该有自己的特点和个性，应该有自己的主张和愿望，也应该有自己的动力和方向。但看起来她还是很柔顺的，拉一条长长的秧儿，沿着我给她编的篱笆，缓缓地攀呀、爬呀。渐渐地，她就有了自己的性格，变得倔强起来。尽管我把篱笆编到她的跟前，她却理都不理，自顾自地擎着自己那一片片肥肥的大叶子，随着自己的意，由着自己的心，想爬到哪儿，就爬到哪儿。不管是性格倔强的二丑，还是性格柔顺的二丑，叶子、须儿、秧儿，都没有什么不同，都是那种阔心形的叶子，全缘的，叶柄与总花梗一般长，从秧儿到叶柄，都生有细细的白毛，像是没有上过头，也没有绞过脸的黄毛丫头。肥肥的阔叶一对一对的，总是互相帮扶着，总是互相说笑的样子，总像是怕孤立了哪一个。因为有了一对一对互生的叶子，那曾经很怯懦的秧须儿，便渐渐地雄壮起来，带了勇敢，带了坚毅，昂着头，丢开篱笆，顺着墙壁，顺着窗台，向着屋檐，爬呀，爬呀。向着院墙上边能够望得到外边世界的地方，努力挺进。即使被狂风吹得受不了，被暴雨打得受不了，也不肯弯一下腰，也始终不肯低下自己的头。而且在狂风和暴雨中，依然贪婪地吮吸那充沛的雨水。那秧儿，那叶梗，那花骨朵儿，无不在风雨中散发着水灵灵的青春之光。雨刚刚停下来，她便带了雨留在身上的晶莹的露水珠儿，开始她青春的挺进。昂着头，像是要冲锋，似乎在呐喊，或者呼啸着，也许是在唱歌。

　　但二丑的形象以及气息并没有多大的变化，模样总归还是柔柔弱弱的，像是一息弱女，但她依然在倔强地坚持爬呀爬，一点一点地爬，那么吃力地爬，那么努力向上再向上地爬。见树攀树，见墙爬墙，只要能抓得着的就紧紧地抓着，只要能攀得着的就牢牢地攀着。

有什么不好吗？人就是要有一点向上的精神，二丑也应该有自己的一点向上的精神，世界上所有的生命都应该有一点向上的精神。古人说："好风凭借力，送我上青云。"

是攀龙附凤吗？龙攀不得吗？凤附不得吗？龙啊，凤啊，生来世界上做什么用？有花堪折直须折，好龙好凤尽管攀。攀一攀又能怎么样呢？只要可以，只要有机会，只要有条件，就勇敢地攀，就死死地攀，乃至于缠。"纠缠如毒蛇，执着如怨鬼。"缠着，攀着，爱着……向上，再向上……

但是，我这里所谓的"上"，不是世俗世界里的"上"，是形而上的"上"。

把花开在高处，开在阳光处，开在龙的犄角上，开在凤头上。

谁敢说牵牛花就只许牵牛，而不许牵龙牵凤？谁敢说牵牛花就只应该开在荒地里，开在野地里，开在溪畔、路边，任人毫不心疼地践踏？

只是，二丑却在骨子里坚持着自己，在心性中坚持着自己、把握住自己。二丑似乎觉得世界上不能没有了自己，不能失掉了自己，不能做了龙的奴才，也不能做了凤的奴隶。

二丑心里明白，她始终记着"二丑"两个字，永远不会改名改姓为"龙花""凤花"。

除了倔强地向上，二丑还有一种迂回前进的坚韧与智慧，她在努力向上行进的时候也会遇到阻力。世路不平，当然会有坎坷，在她前进的路上也会有"关山"重重，但二丑却能够做到"渚云低暗度，关月冷相随"。

她总是在向着前方寻找自己的出路，她总是向着阳光寻找自己的远征方向，她想把自己的花儿开到人世间最风光的地方。哪怕只开一朵花呢，一朵花也是一生的成就吧，总不能白白地受一场雨露的恩惠啊！最好的人生，就是能够回报养育过自己的大地。

给生命一点亮色，让生命开一朵小花，让人间更美，让生活更美。这是二丑的心愿。人就应该有个愿望。二丑就是有愿望、有理想的花。你若问我怎么知道二丑是有愿望和理想的花，是的，二丑不会对我说话，她没有语言表达能力，但她会以自己最出色的表现，以她的姿态、她的精神告诉我，她的心总是向着美好的世界挺进啊……

终于，二丑开花了，一黑，一白，是黑白二丑。其实黑也非黑，黑丑是紫色的花，紫也并非全紫，有紫褐色的、紫蓝色的，花萼处也有一层白色托着。白丑也并非全白，花萼处有一层淡淡的绿。其实说起来，颜色也还不止这两种，还有蓝蓝的，蓝得让人不知所措。花朵上若是顶一两颗露水珠，那神韵，就越发动人。

二丑不丑。她们吹着小喇叭，自己鼓舞着自己，自己激励着自己。

不管开在哪里，二丑都不失可爱。生于山野里、草丛中、村边、路旁，二丑总是不声不响地开花，红的、紫的、蓝的、白的、粉红的，一朵一朵，都是喇叭花。

秋末，种子成熟了，像橘瓣一样的形状。黑丑的种子表面是灰黑色的，白丑的种子表面是淡淡的黄白色。背面都有一条浅浅的纵沟，腹面有一点微凹的脐痕。把那质地坚硬的种子浸在水中，不久种子便会胀破肚皮，中间会有浅黄色的两片叶子，紧密地重叠在一起，紧紧地抱着自己生命的底色。

这就是我喜欢的二丑，没有多么漂亮，却有一种精神——二丑精神。

寒　柳

　　寒柳，也叫黄花柳或萌柳，是王莽岭上最温婉、最柔媚的一棵小柳树。但它不叫柳树，它叫寒柳。

　　听那名字，就有一点惹人爱怜。因为只在王莽岭见到过，我便以为它是王莽岭的一处绝景。

　　过去，诗人和文学家们都把坚贞不移的志节给了松树和柏树，以及竹子和梅花，称松有坚挺、坚韧的风骨，梅有澡雪精神，竹有持节之志，而把所有轻狂的字眼都甩给了柳树，说它摇摆易凋。陶铸写过一篇散文《松树的风格》，我很早就读过，也很早就读过如杜甫"癫狂柳絮随风去，轻薄桃花逐水流"的诗句，他们认定柳树是轻狂浪荡的具象，其实真的是冤屈柳树了。柳树是春天着色最早的植物之一，一直到霜天，甚至到大雪披拂，曾经葱茏一夏的万木都黄了、红了，落叶纷纷而下，柳树却依然青翠欲滴，依然是"碧玉妆成一树高，万条垂下绿丝绦"。冬天都到来很久了，柳树披一身洁白的雪，依然翠色不改。直到严冬，实在是坚持不住的时候，那细细的、长长的若眉若黛的柳叶才不得不一片一片地坠落，即使落一地也依然不闭那绿色的眼睛，依然柳眉舒展雪地雪天。

　　按我的见识与体会，柳树的节操足以与松柏相媲美。唐朝的陆龟蒙就为柳树写过一首诗："柳汀斜对野人窗，零落衰条傍晓江。正是霜风

飘断处，寒鸥惊起一双双。"不过，陆龟蒙写的不是寒柳，是冬柳，虽
然冬柳或许比寒柳还苦。真正写寒柳的是清朝的纳兰性德，他写了一阕
《临江仙·寒柳》：

> 飞絮飞花何处是，层冰积雪摧残，疏疏一树五更寒。爱他
> 明月好，憔悴也相关。
> 最是繁丝摇落后，转教人忆春山。湔裙梦断续应难。西风
> 多少恨，吹不散眉弯。

比纳兰性德年长的陈维崧，感觉纳兰性德的词意过于哀伤，也写了
一首《临江仙·寒柳》，以儒者的审美观念寄意寒柳：

> 自别西风憔悴甚，冻云流水平桥。并无黄叶伴飘飘。乱鸦
> 三四点，愁坐话无憀。
> 云压西村茅舍重，怕他榾柮同烧。好留蛮样到春宵。三眠
> 明岁事，重斗小楼腰。

不管是纳兰性德，还是陈维崧，写的似乎都是王莽岭的寒柳，至少
写出了王莽岭寒柳应该有的"寒微"与"柳意"。

已经是寒冬腊月天气，北风呼啸、大雪纷飞，王莽岭的那一棵寒柳
依然一派生机。

然而，毕竟有一点儿孤寒。

我常常想起孤寒中的那棵寒柳，便有怜它之心，便有惜它之意，总
想给它身边移栽几棵什么别的大树，或者自己就那么安静地在它的身边
多站一会儿，陪着它，伴着它，不要它孤独，不要它寂寞，或许能为它
挡一挡寒风冷雪。

然而，不知道是谁说的，孤独和寂寞也是一种境界。

王国维说，有境界则自成高格。

于是我就想：寒柳自有高格，人何必自作多情！

是的，寒柳自有高格。

陵川诗人王魁陵曾经在王莽岭采风的时候，忽然听到有斧凿之声，虽然并不怎么震耳，却震得人心轻颤。他赶忙循着斧声走去，发现有人持斧在砍伐那唯一的一棵寒柳。魁陵急急地三步并作两步就跑了过去，制止了那个砍树的人。他告诉砍树人，那是多么稀奇珍贵的一棵寒柳啊！树种稀有到几近绝迹，王莽岭能让它生存下来，除了王莽岭的自然环境好，还应该感谢陵川人的文化情怀。陵川山大沟深，文化博大精深，陵川人保护着每一道有价值的历史遗痕。这棵寒柳也是。

王魁陵说到动情处，抹了抹头上的汗水，又抹了抹眼角的泪水。泪水模糊了他的眼睛，却洗净了一个人的心。

是的，理可以服人，情可以动人。

最终，那砍树的人斧下留情，那棵寒柳便得以逃过一劫。

魁陵救了那棵寒柳，又抓了些泥土，怃住斧头留下的伤口。但魁陵还是不太放心，时常去王莽岭看望那棵寒柳，保护它，呵护它。有一天，天气晴朗，无风，也无云。魁陵或绕着那棵寒柳走动，或静静地站在寒柳下酝酿诗文。猛然间，魁陵觉得有人在抚摸他的头，他抬头望望，没有他人呀！但见那棵寒柳丝绦纷披，枝摇叶动，婆娑起舞，像是爱抚、致意魁陵。魁陵起初有点不相信，但时间久了，次数多了，也不得不相信，那寒柳有意也有情。只要魁陵走过去，那寒柳总是枝摇叶动。当然，有风自是风吹动，那么没风的时候呢……魁陵给我讲述了他与寒柳的故事，并拉我一起去看寒柳。走近寒柳，只见那寒柳摇啊摆啊，像一位豆蔻少女在翩翩起舞，显得很激动的样子。我从地面上抓了一把枯叶扬到空中，枯叶垂直落下来。没有风，说明那真的是一棵有知觉、有情义的寒柳。

是的，天地有情，大自然有情，万物有情。这在距离寒柳不远处的一个峭然陡立的山崖上，又一次得到证明。

在直立的山崖上，凸显着一个东西，形象很像是一只小乌龟，身子还隐在崖壁中，只是头露在外边。那金黄色的头也太像一只乌龟的头了。然而，只要你怀着一颗柔软的心去看她，只要你怀着一颗爱心去看她，只要你怀着一颗纯洁的心去看她，她就会很像很像一个金发女孩，像一个童话里的小公主，稚气十足，天真烂漫，憨态可掬。

是的，她不是龟，她的确是一个小姑娘，是一个我们难得一见的金龟姑娘。

那么，小姑娘在探着头看什么呢？是她向往外面的世界吗？

是的，她看到山崖下有一泓清泉，有许多女孩子在那清泉中洗浴、玩耍、嬉戏。

她多么羡慕她们啊！她多么想飞身下来，与那些小姑娘们一起玩啊！但她不能。她被那险峻的山崖禁锢了，她只能在那高高的山崖上探头观望。她的身是不自由的，她的心是多么惆怅啊！

因此，那山崖上空也总是愁云漠漠，无怪人们把那山崖叫作愁云崖。

不过，小金龟并不孤独，她只要回头看过去，便可以看见那棵寒柳在与她相伴。

有多情多义的寒柳与她相伴，虽然只是遥遥相望，却已经是一对天涯知己了。

大自然也是个有心人。

小 桃 树

小时候，我就非常喜欢小桃树。

每到春天，一阵春雨过后，人们头一年扔掉的桃核，就会长出一株一株的小桃树苗来，庄稼地里、野沟沟里、小河两岸、小土坡上，到处都是小桃树苗。小桃树苗那么苗壮、那么清秀，在和煦的春风中亭亭玉立，让人觉得那小生命实在可爱得很呢。

我们家的后园子里有一棵桃树，我家对门七奶奶的院子里也有一棵桃树，阳春三月，桃花开得那么灿烂、那么明艳，我就学我的堂姐秋娥那样，折几枝回来，插在瓶子里，放在屋中的桌子上，屋中就顿时敞亮起来，满屋子都是桃花的香气。

到桃子成熟时节，我们家的后园子里与七奶奶院子里，粉桃满树，谁走过去都会被那景致吸引，停一会儿脚步，然后又不得不揩一揩嘴角走开。因是近邻，七奶奶每年都会给我家送几个桃子。至于我们家屋后园子里那棵桃树，就更不必说了，桃子就在头顶，举手就有桃子吃，没有什么难处。但吃桃子却不是我们的愿望，我们小孩子最喜欢的是玩"肚肚软软"。

桃树刚刚结果的时候，小桃儿如杏核一样大小，我们把它叫作"毛桃"。摘几个"毛桃"，在鞋帮上把那厚厚的茸毛擦掉，擦出一个绿莹莹的小桃子来，桃肉脆生生的、嫩嫩的、酸酸的。但我们的兴趣却并不在吃那脆嫩的小桃子上，而在那白白胖胖的、像白玉珠似的嫩桃仁上。

把小桃仁揉啊、捏啊、捻啊，一边揉捏，一边念叨："肚肚软软，肚肚软软……"

把小桃仁捻捏得软软的，悄悄照着同伴的脸上猛挤一下，只听"噗叽"一声响，桃仁水就会被挤到同伴的脸上，好像恶作剧，但其实是一个很有意思的玩笑。同伴开始是一惊，本来是要恼怒的，但拿小手一摸，觉得又清凉又芬芳，也就变恼为笑了。于是，自己就也捻捏一枚，以示报复。你追着报复我，我追着报复你；你"噗叽"挤我一脸，我"噗叽"挤你一脸，一张一张的小脸，被桃仁水洗得又白又香。

当然，我们也玩恶作剧。把小毛桃的茸毛弄一点，偷偷抹到小友的脖子上，让小友扎得慌，不停地搔痒痒，会难受好几天，怎么洗也洗不掉。但是这样的恶作剧我们很少玩，即使小朋友之间闹矛盾，也不会这样报复，所以我们只玩"肚肚软软"。

但是，去哪儿弄那么多的小桃仁玩"肚肚软软"呢？我们家后园里倒是有，但大娘娘看得很紧啊，于是我们就去偷七奶奶院子里的。七奶奶的院子里有一棵蟠桃树，树上果实累累，但七奶奶常常在家，也把蟠桃树看得很紧很紧。我们踩着同伴的膀子，从院墙外偷小蟠桃，七奶奶见了，就告诉我们的父母。要知道，我们都是七奶奶接生的，父母绝不允许我们糟践七奶奶，我们免不了遭受一顿打骂。

于是，我就产生了一种想法，想有一棵属于自己的小桃树。

某年春天，我在野地里看到一株小桃树苗在春风中摇曳，像是在向我招手一样，我就把小桃树苗移回来，种在院子里。接着，我又移了几株小桃树苗，种在我们家的房屋后。看着那些刚刚移回来的小桃树苗，我想，我不光能有一棵桃树，我简直要拥有一片桃树林了。我想让那么多的桃树，都为我开花，都为我结桃。桃花开给我和我的邻居们看，让所有的姑娘都来折花，让所有的姑娘头上都插上我的桃花，也让她们把自己抹得窗明几净的屋子里插满桃花，使她们的屋子里芬芳四溢，使她们活得更滋润、更精神。

同时，也让世界上所有的蝴蝶，都到我的桃树林中表演节目，让世界上所有热爱生命的蜜蜂，都来我这里采蜜。到夏天或者秋天，我也像七奶奶一样，给所有的人都送去又甜又大的、滴着蜜汁一样的、溢着香气的桃子。让吃过我桃子的人，都长命百岁。我也想请世界上所有的猴子来吃我的桃子，猴子是那么地喜欢桃子。

最主要的，是让所有的小朋友都来摘小桃子，一起玩"肚肚软软"。

遗憾的是，我没有移活过一株小桃树苗。不但没有移活过，还使那么多小桃树苗因为移栽方法不当而殉命了，这是一件让我感到很难过的事情。

我亏待了大自然，大自然绝不会善待我。

我必须给予小桃树苗补偿，这是我多年来的一块心病。

只要是存心想做的事情，机会总是有的。

那是大前年的事了。我所居的院子里，有一小块长方形空地，长约三尺，宽有尺余。地虽小，利用得好了，说不定可以演绎很多故事呢。

刨土，挖个坑儿，浇一瓢清水，埋下一枚桃核于黄土中。翌年早春，果然有一苗小桃树破土而出，且翠，且弱，且嫩。晓风轻轻吹，就有折茎的危险，我赶紧给它扎了个小小的青竹篱笆。桃核中也确确实实蕴藏着不死的生命，经过小心侍弄，精心护持，小桃树苗非但没有死，还生长得很快，一天一个样子，长得绿叶蓬勃。

真是春风得意啊！头一年春天，小桃树才长到筷子般粗细，第二年春天就长到指头那么粗，第三年就长到和我一般高了。俗话说，桃三杏四。果然，小桃树三岁的时候，就孕了花蕾。先是白毛小包一点，缀在发红的细枝上。待春风一漾，便渐渐绽开粉嫩的花儿，在枝头招摇。数一数，三朵、五朵……再数一数，三朵、五朵……

尽管只有三五朵桃花，但小桃树却像一位最善于抒情的诗人，在细细的桃树枝上缀了那么三五首小诗。

戴着三五朵桃花的小桃树，像一位美丽的仙女，在清清的小河边，点缀了三五颗明熠熠的小星星；像少女的面颊一样生动，仿佛有热热的气息扑面而来，让人心底舒缓地生出阵阵暖意，让人不知不觉就微微地陶醉，滑入梦乡……

可惜的是，新开的桃花就像一盏刚刚点燃的小油灯，还没等它给这个世界照出个亮，就倏地熄灭了。

小桃树头一年没有结桃，第二年也没有结桃，原因是小桃树生病了。一种名叫"宜汗"的淡绿色小虫子，藏在桃叶的背面，吸食桃树的养料，致使桃叶卷曲、发黄、枯萎。虽然发现了小桃树的病因，但我却束手无策，知道应该请医生的时候，为时已晚。

"砍掉吧……"有人对我说。

"生宜汗，还藏蚊子，不如砍掉好。"又一个人对我说。

摇摇头，又摇摇头，我没有犹豫不决，我的决定是果断的。

我说，我不在乎它是否碧桃满树，我真实地喜欢它的绿叶蓬勃。

其实我在说这一番话的时候，已经暗暗地下了决心，为了我儿时的那个小小的愿望，到明年，我一定早一点给小桃树请医生。

第二年，经过医治的小桃树就长到小瓷碗口一样粗细了，它显得那么壮实，又那么秀丽，长长的叶子，像柳叶一样秀气。无论有风无风，那柔软的树枝都那样婀娜多姿，犹如月光下袅袅的绿烟，又如婷婷少女，立在春天里，立在从东海吹来的带着海味的风中。圆圆的树冠，就像一颗硕大的祖母绿宝石，在月下，在雨中，在雨夜的灯光中，在微风轻动的晨曦里，它都是那么精神，那么灵动，那么隽秀，那么凝重。

每当从它身边走过，它的每条下垂的细枝，每片叶子，不是垂在我的头部，就是搭在我的肩膀上，或者紧紧地贴着我的脸颊蹭来蹭去。枝叶间还散出一缕缕清芬，就像慈祥的老人的手掌，那么绵软，那么温和，那么轻柔，抚摸我的头和脸，抚慰我受过伤的心，融化我心底最深处的冰雪，解除我身心的疲惫与烦恼。那挂满枝头的露水，一颗一颗那么晶莹、那么清澈，就像是我最亲爱的人眼中的泪花，无论是在月光下还是在太阳光下，都一样闪耀着珠宝质的光辉。它永远都不会说不近情理的话，它总是宽慰和劝勉我。

当我感到闲适、感到心境恬淡时，我就在小桃树下放一张小几，泡一杯清茶，拿一把白色网椅，坐下来静静地读友人的诗。友人的风骨，友人的品行，激我自励，勉我自律。抬头看看我的小桃树，清风吹过，飒然有声；几只雀儿在枝头和鸣，也如诗人且咏且吟。那柔柔的枝条轻轻地在风中舞蹈，我在小桃树下种的几丛菊花、几株茉莉，也散发出缕缕清芬，使人觉得大自然真是迷人。

每当站到小桃树的树荫下，我就想，大自然真是又宽厚又仁慈啊，你只要善待它一分，它就回报你十分。

我小时候爱桃树，长大了爱桃树，到老依然爱桃树。我认为桃树就是我的生命之树。年节时，我就给小桃树上贴个"福"，贴个"万寿长春"。

我的家乡有个风俗，新生儿第一次去姥姥家须有桃枝相随。城里少有桃树，人们就来向我讨桃枝。我总是慷慨赠予，我愿我的桃枝伴随着一颗幼小的心灵，伴随一个高尚的灵魂，永远那么健康，那么聪明。

老人去世，也祈桃枝伴随。每当为一位老人折桃枝时，我总是暗暗地嘱咐我的桃枝：老人曾经为这个世界出过力、尽过心，他是那么善良、正直、勤劳，他熬过岁月的艰难，历尽人间辛苦。他以他不屈的信念，走完了自己的路，他用一个圆满的句号结束了自己的人生。他离去了，你要伴随着他，让他的心永远感到温暖，让他的灵魂永远安宁……

小 榆 树

　　一棵小榆树，树干大约比一根竹杖略略粗一些，嫩绿中带点灰色的树皮，碧绿的树冠，像用一根竹杖高高地举起一颗绿珠。小榆树亭亭玉立，在风中微微摇摆着，有些娉婷袅娜的姿态。树梢四周抻开，像一把小伞撑在白云下，好像总想把自己的天地稍稍撑大一些，再大一些。一条一条的嫩枝向着蓝天，小榆树对天空是那么向往，向往着天空的阳光、白云，向往着天空的自由。

　　其实小榆树生长的地方也是很自由的，在一个小小的山坡下边，一个不太让人注意的地方。春风来了，它就随着春风摇摆。春雨来了，它就静静地立在雨中，接受春雨的洗礼。它总想把根扎得深一点，牢牢地抓住大地，以防自己被大风吹得倒下去。它总想努力吸取地下的养分，让自己长得快点，再快点。它倒是没有怎么想过自己应该长成栋梁之材，去作廊庙和大厦的栋梁或者柱子，它只想着自己的枝枝叶叶能更繁茂一些，能给大地的阴凉儿大一些，能让它周围的人，或者路过的人，有个乘凉的地方；让那个地方的孩子们能够在夏天的晚上，躺在或者坐在小榆树下的奶奶的怀里，听奶奶"云古"，让点点星光从枝叶间洒下来，洒到孩子们的身上，洒进孩子们的梦里，洒满孩子们的童话世界……

　　小榆树就那样立下自己的志向，思想着，梦想着……

每天早晨散步的时候，我总是从小榆树身边走过，我是亲眼看着小榆树长大的。我看着它在那乱石堆里艰难地生长了三年。我一直以为它是那样坚韧地思想着，梦想着。也许，是我一直那样希望着它吧。我一直以为它是有灵性的，我也一直以为它是孤独的。因为每次见我走过来，它总会像见到亲人一样，殷勤地摆动着身子，每条树枝都摇动着，像是小孩子摆动小胳膊、小手臂，迎接我，向我问好。我总是深情地望着它，对它点点头，表示我对它的亲近。我也会常常走到它的身边去，抚摸着、背靠着它，向它表达我的情谊。每当我要离开它的时候，特别是雨天，它总会潸然泪下。

其实，我的希望总是有限的，我的能力也总是有限的，我的爱也总是有限的。我想改变一下它的生存环境，但我不能，我没有任何工具。我顶多只能把它身边的乱石头捡一捡，把不远处疏松的土壤掬一把，再掬一把过来，堆在它的根部。

我对小榆树的爱也是有些原因的。在我的老家，有一个井台，在井台后边不远的地方有个瓦砾堆，瓦砾中伴有炉灰和黄土，瓦砾堆上头生长了几棵小榆树，不知道有多少年月了，从没有见它们长高，人们都叫它们"小老树"。春天，我们常常会去攀那些小老树，看小榆树上的"抱娃娃"或"背娃娃"。

缀满枝头的榆钱刚刚落尽，叶子上就会生出许多小小的包来。一片叶子生一个或多个小包，我们管那些小包叫"榆娃娃"。生在叶子掌面的我们叫"抱娃娃"，生在叶子背面的我们叫"背娃娃"。将娃娃抱在怀里，娇娇嫩嫩的，自然兆着好年景。年景不好，父兄养不起孩子，就会背起娃娃送给别人家。所以我的家乡就流传着这样一首儿歌：

抱娃娃，背娃娃，
卖给张三他大大。

一斗米，二斗糠，

把儿卖给王家庄。

孩子们不识饥馑苦，只是把长了"榆娃娃"的榆叶摘下来，一片一片地切开，绿的、红的、紫的、浅紫的，抱着"娃娃"笑逐颜开的，背着"娃娃"有一点儿愁眉苦脸的。不管是眉眼笑着的，还是苦着脸的，一个一个切开，看"榆娃娃""肚子"里长的什么。哦，都是一肚子的小虫子，小虫子匆匆地往外爬。孩子们赶紧把"榆娃娃"握在手心里，一握，就握成了一个童话，握成了孩子们永远的记忆。

在我们村的河岸上，曾经长着几棵老榆树，老榆树的树冠都高过屋檐了。春天时，老榆树把榆钱撒得到处都是。母亲们把青翠的榆钱捋下来，拌上面，蒸着吃，甜甜的，有一点黏。榆树皮是甜的，可以吃，曾经帮助我们度过历史上很多次可怕的灾荒年。

因为榆树是甜的，大黄蜂总爱在树干上钻个空洞，筑巢造屋，生儿育女。秋天，牵牛虫在树上栖止。几只知了落在榆树枝上，又是吟，又是唱的，看上去，听起来，很像一个小小的乐团，像一个小小的唱诗班。

遗憾的是，老榆树虽然长得又高又粗，其木材却不能用来做栋梁。村里人说，榆树性软，不容易折，却容易弯。那么做檩子或椽子行不行呢？村里人说，也不行。榆木没有横力，不论是檩子还是椽子，哪里弯了，屋顶对应处就会陷一个坑，屋子就要漏雨了。哦，真可惜！

那么榆树真的就白白长了那么个傻大个吗？不是的，村里人说，榆树性柔软，少灵气，却柔韧、结实，所以人们常常把壮实而顽固但缺乏灵气的人叫"榆木疙瘩"。但是，村里人说，榆木做柱子最好，它没有横力却有顶力，立在那里，千年不倒。在古代建筑中曾有"金梁玉柱"之说，其实乃是"荆梁榆柱"。

那时，我想，小榆树长大了，就做柱子吧。用自己的力气撑起一间茅屋，也好让天下寒士缩身其中，避一避冷风冷雨。我就那样简单地希望着，希望公园里的那棵小榆树，有一天能长出榆钱，能长出"榆娃娃"，能长成一根结结实实的榆木柱子。

怀着这样一个简单的希望，每次从小榆树旁边走过，我总要停下脚步，站在那里看着它，有时候还禁不住走到它身边抚摸它。小榆树很矮的时候，我轻轻地抚摸它的叶子，嫩嫩的叶子，透明的，晶莹的，碧玉一样的绿，可爱极了。

几年前的春天，一场雨后，它破土而出，那时它只有五六片叶子，每片叶子上都挂着雨水珠儿，那么晶莹，那么鲜明，那么绿，绿得与众不同，绿得让我惊心。

我就想，它会长成一棵大榆树的，一定会长成一棵荫翳众人的大榆树的……

三年了，它果然长大了，虽然只比一根竹杖略微粗一些，但它毕竟长大了。亭亭地立在那里，光彩照人，把一个山坡的草和树木都滋润了、感染了，都显得青春年少。小榆树长得比我还高了，我已经够不着它的头了，它自长自大、自长自直，从幼小、柔弱、婀娜、窈窕、清秀，一直长到结结实实，像一棵小树了。我只能仰视它了，只能爱抚着它的身子了。

因为有事忙，我已经有一年时间没有看到过小榆树了。

那年春天，偶生寂寞，就忽然想起了小榆树，就想去看看小榆树。说去便去了，一步一盼，伸着脖子向着小榆树生长的地方不停地张望。然而，远远地，小榆树不见了。小榆树生长的地方空空的，我的心也一下子空空的了。小榆树呢？不见了小榆树的影子，我都有些慌神了。四处瞅着，还是不见，我就匆匆地向小山坡下走去，即使不见了它的影子，我还是想去它生长的地方看看，那里毕竟有过我的希望。

当我走到近处时，眼前忽然一亮。啊，小榆树还在！只是，只是……小榆树是倒在地上了。是谁把小榆树推倒了呢？是风吗？是雨吗？是哪个没有心肝的恶人吗？怎么那么狠心、那么无情呢？

像个没有力气的孩子，也像个行将就木的老人，小榆树蔫蔫地趴在地上，叶子大都很憔悴了，裸露在地面上的根须也差不多已经干枯了，只有几条纤细的根须，无力地抓着疏松的泥土，拼命吮吸泥土中的水分以苟延残喘。

我试着把小榆树扶起来，但却是不可以的。如果稍稍动一动，它那几条尚且抓着泥土的细根就会断掉。我手足无措，只能蹲下去抚摸它的枝干。通过抚摸，我似乎感觉到它在喘息、挣扎。是惋悔生命的来之不易吗？是物伤别离，与人的感情一样吗？

忽然，什么东西在我的眼前一亮。不是似曾相识，是那么熟悉。哦，我看见了，我看清楚了。是榆钱。在那行将枯萎的枝条上，竟然还生出来几片榆钱！我数了数，一共六片。我又数了一遍，是的，一共六片。

在小榆树的叶子将要枯萎的时候，那榆钱却还依然如此饱满，我不由得向小榆树低下头去、弯下腰去。不是哀悼，是致敬，是深深的敬意。

后来，又是一个春天。我走到那小山坡下，倒下的小榆树也已经不见了。说不定是谁截了枝去做了栅栏吧，或者是烧了火。然而，在小榆树倒下的地方，却生出了几株嫩嫩的小榆树苗。我数了数，一共六株。又数了数，还是六株。

蟒　河　猴

蟒河最好看的是娃娃鱼，最好玩的是蟒河猴。

蟒河的路崎岖不平，也非羊肠可比。有几处如羊肠，有几处如断肠，行来令人肠断。去蟒河的人，像缩在羊肠上、吊在羊肠上，慢慢地往下坠，一个人拉着一个人，像肉串儿一样。

羊肠道上，石子玲珑，很好看，很好玩，但一不小心人就会像坐了滑车，一直滑到峡谷深处。王安石在《游褒禅山记》中说："世之奇伟、瑰怪，非常之观，常在于险远。"去蟒河，诚感斯言不谬。

出阳城行十数公里，把车停在树皮沟。树皮沟是蟒河的一个小村庄，坐落在蟒河的沟坎上。沟里人无须出门，在屋子里隔着竹帘，就可看到秋阳中的奇峰秀岩，冈峦遥列。山岚远接晴光，层次分明，势如万马腾跃，十分雄峻；雾霭漫浸崖色，浓淡相宜，又是那么温婉雅谧。云烟氤氲，顿然会把醒着的人拥入梦乡。鹰在头上翱翔，仰望云天高阔，自己分明就在地上醒着呢。秋风把山崖上的黄栌炙得火红，使人感到杜牧的"霜叶红于二月花"不是妄言。

尽管风景如画，蟒河却很穷。因为穷，这里的许多人家不得不移居他乡。我想，离开这么美丽的地方，那父老的眼中，不知该有多少惆怅。一步三回头，泪定然洒满了这一道道冈峦。

我一边走，一边想，养得住蟒河猴的山，养得住娃娃鱼的蟒河水，怎么就养不住人呢?

　　同行的阳城人对我说,蟒河并非像人们说的那么穷。你看啊,漫山的柿树,核桃,山桃,山杏,花椒,连翘,山茱萸,捋一把是钱,揪一把也是钱,怎么会是一个穷字了得? 只是,沟太深,山太高,路太难走,羊肠小道不通,年年花果满山,年年都被这羊肠小道堵在山里烂掉了。旅游事业兴旺起来之后,才使这树皮沟不一样了。重返家园的人们,卖山茱萸,卖五味子,卖花椒,卖柿子,卖核桃,卖各种各样的山货;卖阳城花馍,卖各种风味的地方吃食。山里有了"山市",村子里有了"市集",山里人多少也算富裕起来了……

　　能为自己的家乡争光,那阳城人说话的样子也是神采飞扬,兴奋得脸色涨红,手舞足蹈。

　　怅惘,愁怨,疑虑,以及在羊肠小路上抖索着的小心翼翼,都被阳城人的兴奋和激动赶跑了。一串人缓慢地落到大峡谷深处,什么事情也没发生,有惊无险。

　　蟒河大峡谷的两边山势高峻,云缠雾绕。因为峡谷太深,一线天光当顶投下,像一盏窑灯耀眼光明。大峡谷属亚热带季风气候,无水的地方,河滩的白石头上跳腾着白烟。我想,山色如此壮丽,怎么可以没有水呢? 但看那绿茵茵的山崖,也不应该是没有水的地方啊? 古话说,玉在山而草木润,渊生珠而崖不枯。难道古人说的话是虚妄的?

　　然而,令人叹服的是,天地造化将那上好的所在,摆布得也如一篇好文章,起承转合,章法有致。行不百步,果然有水汽润润地迎面扑过来了。再行百十步,竟有水声如雷。转过一个小弯,但见山崖下有一个洞口,状如龙嘴,深丈许,有泉水喷涌而出。一隙出水,万壑奔流。水大,流急,有汹涌之势,如白蟒扑地,许是蟒河之名的来历。

　　水流至河谷,如绿带蜿蜒于青石之间,时窄时宽,时急时缓。一时曲尽窈窕之姿,一时又锦水回澜。以其濯足,顿觉神清气爽,骨朗筋健；以其洗面，倏然有耳聪目明之感。

水中有大鲵，秦人名其鰋。两栖，能上树，声如小儿啼，名娃娃鱼，亦有叫"人鱼"者，为国家一级保护动物。因畏人，所以难觅其踪迹。滩头有一村妇，搭凉棚鬻粥，声言有娃娃鱼，五角钱看一看。娃娃鱼藏在一个黑色塑料桶中，视之，长尾，似鲇，有四足，微紫色，无鳞。《祖异志》记载说，"查道奉使高丽，见海沙中一少妇，腮后有红鬣，乃人鱼也"。

美哉，人鱼！

看人鱼间，有人惊呼崖畔有猴儿。

以手遮阴瞻视，果然见山崖上有猴儿宛如黄鼠狼大小，隐隐约约，影影绰绰，神秘，诡谲。有顽皮者探头俯视，好像诘问游人："我是猴儿，你是谁呀？"

随着大伙儿的高声呼叫，我忽然也孩子似的喊："猴儿，猴儿，下来吧，我们这里有面包，有苹果，有梨，还有鸡蛋……"

尽管你什么都有，但猴儿还是对你不理不睬，只在崖边倏然过往，不时露一下脸，似乎在对你说："你有好吃的，你自己享用吧，你个老饕！"

是因为远古血缘关系吗？我们多么想亲近猴儿啊！

正在大家吵着闹着的时候，猴儿已集体来到了不远处的一个斜坡上，我们就蜂拥去看猴儿。有一位农民是专门饲猴人，他把口袋里的玉米一把一把撒到山坡上，大群猴儿就踊跃抢食玉米粒儿。我慢慢蹭过去，到离猴儿近一点的地方，把面包给猴儿。猴儿很快就看见我手里的面包了，但猴儿怯生，却又禁不住食欲的驱动，跳来跳去，几回试探，总不敢取食。我佯作他顾，猴儿以为我无防备了，便猛地以迅雷不及掩耳之势，夺走了我手中的面包。聪明哉，猴儿也；愚哉，猴儿也。如果我有意套猴儿，在手上或我的附近，设下一个机关，你猴儿跑得了吗？

为了一点面包，猴儿是会中机关的。

然而，我错了。如果我设了机关套猴儿，猴儿如果真中了我的机关，也不能说明猴儿就愚蠢，最多只能说明猴儿无知，或者猴儿有一点天真，然而，猴儿的心灵却是纯洁的。

当然，猴儿并非一味无知，猴儿与人类相伴了不知道多少个世纪，不知道一起经历了多少风风雨雨，相处的日子几乎可以说是天长地久，猴儿心里对人的本性当然是很清楚的，对于人，猴儿是持怀疑态度的，是时时带着问号、带有警惕的。很多时候，人不但没有人性，连猴性也没有。人不但设机关套猴、套兽，还时不时设机关套人、套自己。

是的，猴儿之间，个猴与个猴之间，族群与族群之间，时不时也会有打斗，有攻击，有欺凌，但总是有限度的，不至于必须置对方于死地而后快。

猴团队内部似乎是和谐的，但要争起王来，打斗也会相当厉害。然而它们毕竟是一伙的，不管输赢，都还可以相处。不同群落之间就不行，虽然属于同一种类，但群落与群落之间的界线却十分明确，各自只能在自己的"领地"上活动，"领地"与"领地"之间，寸土不让，在它们划定的势力范围内，绝对不允许他人犯边。猴王会常常带着"人马"定期巡边，一旦发现有入侵者，双方会打得血肉模糊，甚者，会牺牲一些"人马"。群落与群落之间不但互不相认，就是群落内部也时刻防备出现奸细。

有一只叫狲的小猴子因为好奇，不小心从悬崖上摔下去，被石头夹断了尾巴，当狲回来的时候，猴王说什么都不让它回到它曾经生活过的群落中去。尽管几只老猴苦苦为狲说情，狲的母亲也哭哭啼啼为狲作证，说狲的确是自己群落中的孩子，狲也说自己的尾巴的确是被石头夹断的，并且承诺一定会去把断掉的尾巴找回来。但是猴王根本不听，也根本不能容忍它的群落中有一只没有尾巴的猴子。猴王咬牙发狠，说大家都有尾巴，它没有，它必须离开，决不能让狳妨碍群落的安全，不能让它害群。大家无论如何为狳说情，猴王也要把狳逐出群落，如果谁再为狳说情，猴王会把狳杀死。

狳最终被赶出了自己的群落。可怜的小猴子无依无靠、无所依傍，在一个风雪之夜孤零零地被冻死在山坳里。

只认尾巴，似乎是那时候猴群里的一种风俗。

正听饲猴人讲述得津津有味的时候，猴群已经吃饱喝足了，头领先跃上了高崖，蹲在悬崖边上长啸一声，猴群顿时洪水般涌上山坡，涌上悬崖，散入榛莽。

太阳将要落山，夕阳在每只猴儿身上都涂抹了一层金色的光辉。

金色的猴儿，金色的猴群，隐没在绿色丛林中。然而，在皓月当空的时候，却能听到猴儿在黛色的林莽中一声又一声的长啸。

那是猴儿在对月放歌吗？是猴儿在月夜抒情吗？

茉　莉　花

　　小时候，我们总把院子里种的一种花叫茉莉花。

　　茉莉花开得像小喇叭一样，红的、粉的、黄的、紫的，似乎什么颜色都有。

　　长大之后，我才知道茉莉花并不是我们院子里长的那样，真正的茉莉花的茎秆是木质的，花儿差不多有爆米花那样大，很白，很香。人家的茉莉花很早就是一首古老的歌——《鲜花调》。后来，又有音乐家改编成了《茉莉花》，唱遍了天下。

　　但是，我们的茉莉花却只在我们的小院子里寂寞地开放。而且只有到母亲坐锅准备做晚饭的时候，它才会盛开，因此人们就叫它"坐锅花"。

　　然而，不论怎样，都不能改变我们对那花的叫法。不是我们固执，也不是我们好钻牛角尖，是从小就习惯了，改变是很难的。我不能把我儿童时期那么热爱、那么喜欢、那么一往情深的"茉莉花"叫成"坐锅花"，如果改了口，给它改了一个名字，我们会很伤心，仿佛我们所爱的"茉莉花"已经死亡了，虽然外表还是它，但灵魂已经不是它了，不是我们原来的"茉莉花"了。所以，不管走到哪里，我都一直叫它"茉莉花"，甚至，我就直接叫它"我的茉莉花"。别人笑我不识花、不懂花，我不难过，也不觉得别扭。笑？就让他笑吧，反正我们从小种的就是那样的"茉莉"。我儿时的"茉莉"，我永远的"茉莉"。

　　不知道什么时候，也不知道是谁，就把一粒茉莉花的种子遗落在了南墙外。

南墙外是别人家的房子，长长的一排，坐北朝南，房子后留下一条不到半米宽的、长长的、潮湿阴暗的小谷洞，我们叫它落漏。太阳不容易照到的地方，永远像一条长长的暗影。

一粒茉莉花的种子就遗落在那里，就好比是一个女孩生在一个极其贫困的家庭里。

不过，它倒是没有过一丝的幽怨。落地之后，它便静静地在那乱石之中发了芽，继而生了根。慢慢地，它就在杂草中生长，那就算是它生命的开端。它大概会想，既然命运把自己安排在了那里，那就在那条影子似的小谷洞里安身立命吧，与谁诉说也不管用、不顶事，自己的岁月就自己撑着吧，也许有一天能撑出这个苦日子呢。

小谷洞的后边有道界墙，紧挨着界墙的，就是我天天要攀爬的一段砖砌楼梯。我在那里居住了近二十年了，每天早晨，我都要顺着那段楼梯爬到小楼上去写字、读书，一天至少也要上下两三趟，却怎么就没有发现它呢？要是春天发现了它，我一定会把它移出来，把它从那暗影一样的小谷洞里迁移出来，弄个好看的青瓷花盆，把它栽到那里。是起初我也将它当杂草一样看待了吗？整整一个春天、半个夏天，我怎么竟然对它视而不见呢？

也难怪。倘若不是它开放了那么鲜艳的一朵小花，我又怎么能够知道它竟不是杂草呢？

它毕竟不是杂草。不管你知道不知道，它竟自那样生长着，日复一日，悄无声息，抱定着自己的志向，带着自己的憧憬，在那黯淡如影子一样，又潮湿、又阴暗的小巷子里，努力地培育自己的生命。小谷洞里杂草丛生，它们相互抢夺水分，弄不好就会被阴死、被干涸死。小小的茉莉花没有为自己的孱弱而畏怯，没有为自己的出身寒微而自哀。它努力着，用力拨开杂草，让自己看到一线天光；它坚强地把自己细小的根，努力往土壤的深处扎下去、扎下去。痛苦的时候，忧伤的时候，它没有喊叫，它没有哀诉，它甚至连吭都没有吭一声。它是那样的淡泊，那么的安静，只是在用自己的意志、自己的坚定、自己的努力，去绽开一朵生命的小花。

那些杂草我认得，有灰灰菜、嗒嗒谷、狗尾巴草、并并花、青蒿、酸溜溜、石拉秧，尽管是一个野草大家族，我却都认得它们。最可恶的是石拉秧，它那么野蛮，那样凶狠，那样横，它向四处爬，向四处扩展自己的地盘与势力。多么恶劣的环境呀！茉莉花细细的茎，像玻璃一样透明，它能行吗？它能够活到夏天吗？

忽然，那一天的早晨，我走下楼梯的时候，猛然发现墙外的小谷洞里一亮，像是谁在夜间划亮了一根火柴。那小小的"火焰"，竟是那么鲜亮，那样美丽。就像是谁在那小小的谷洞里遗落了一点明媚的春光，就像谁在暗夜里点了一盏小小的灯。

我栽种了许多盆花，都是很有名气的花儿，像杜鹃、山茶、玻璃翠、吊金钟、金边吊兰、马蹄莲什么的，每一种花开的时候，我都很高兴，感觉很新鲜，很是赏心悦目。但是，怎么就从没有哪一种花，能像茉莉花那样亲切、那样让我惊喜不已呢？怎么就从没有哪一种花，能够像茉莉花一样，点燃我的智慧，照亮我的心灵，温暖我的灵魂呢？

那一条影子似的小谷洞里，因那朵小花的开放，多了生气，多了生机。那些往日与茉莉花争抢养分的杂草，却都因为它的花朵的绽放，萎缩了许多，卑微了许多。

一缕淡淡的幽香，从那影子似的小谷洞里逸上来，真让人神清气爽，就像喝了一杯清冽的露水一样。我抚着铁色栏杆，已经有些醉意了。

令我遗憾的是，在它默默成长着的时候，我为什么就没给它一点点帮助呢？哪怕浇一次水，松一次土，或拔一拔它身边那些蛮横的野草呢？

不过，它终于用它芬芳的鲜花告诉我，它是一株美丽的茉莉花，一株坚强的茉莉花。

那是我的茉莉花。

鸿雁之歌

鸿雁于飞，肃肃其羽。（《诗经》）

——题记

秋天的一个下午，我坐在客厅里看电视，有乐团演奏施光南先生创作的《鸿雁》，它被改编成大提琴协奏曲，题目就先把我吸引住了。曲子开头就让我又是激奋，又是感动。从头至尾，我一直认为那是一曲生命激情的交响，是情感世界的轰鸣，是道义与良知的清泉在灵魂深处潜流，是血性与柔情的小溪在历史的河床上奔腾，是宏大而又细腻的生命体验，也是一个悲壮而凄婉的故事。

于是，真的就有一只，也许是一群鸿雁，从我所能目及的天空中飞过。

带着凉意的秋风，婉转起于琴弦之上，穿越边陲远疆，由大西北向东南方徐缓而进。轻轻地，秋风掠过白雪皑皑的天山，而后从陇上伏地而过。那一丝丝的清冷，仍然是友善的、温良的，它并不打算直接把冬天带给草原。它只是作为送信人告诉北国的生灵，毕竟已经是秋末天气了，该作打算的就早作打算。随着风声渐近，大漠边草渐渐枯黄，我的心也渐近苍凉。

"朔风动秋草，边马有归心。"霜天逼近，大雁商量着该南去了。尽管塞上秋晚，生命毕竟在那里度过了一个春天、一个夏天，还有将近一个秋天。谁说燕雁无心？行将告别北国，大雁心中未免凄然。在低缓的音乐声中，大雁用嘴将草籽一口又一口地埋在沙土之中。也算是一次庄严的秋播吧，播下希望的种子，待明年归来，能看到的北国，仍是一如往年的碧草如茵。他们最怕的是翌年千里迢迢飞回来之后，一眼望见的，是四野不毛的千里赤地。

残阳西下，夕雾蒙蒙。天苍苍，野茫茫，是该走的时候了。大雁们各自把育过雏儿的老窝用荒草掩一掩，默默地向北地略作道别。一只叫"青帝"的大雁，携了自己的伴侣，默默地到他们的幼雏夭折的地方，低声地"咕咕"叫着，似乎是在安慰他们那雏儿的灵魂，告诉雏儿，他们明年还会回来的，只要一开春，他的灵魂就不再孤独了……

晴空万里，那才真正是大雁的自由天空。但雁群没有立刻飞走，他们在高高的天空徘徊了一阵，盘旋了一阵。毕竟是旧地难舍啊！那"呱呱"的悲鸣之声似乎略带一丝哽咽。

人说雁过留声。记得小时候每到霜降听见雁叫，我就跑到院中仰头看雁。听大雁"呱呱"的叫声，母亲就说，大雁"哭着"走了。

冰稍解冻，杨柳尚未泛青，大雁就"呵呵"地"笑着"由南向北飞回来，父亲就说，雁"笑着"回来了。

七九河开，八九雁来……

因此，我对雁的"哭声"和"笑声"非常熟悉，也非常敏感，记忆非常清晰。

纵然带着不可消解的怀旧愁绪，而毕竟天高地阔让人心旷神怡。

飞吧，向着南方，向着前方。我的大雁……

音乐突然变得明快而清丽。鸿雁在明快的琴声中，高高翱翔，不断变换队形。一会儿变成"人"字，一会儿变成"一"字。大雁最喜欢这两个简单而意蕴无穷的"人"字和"一"字。

星稀月明，月边飘着一条白色云带。月妩媚而隽秀，云飘逸而轻盈。在柔婉的月色中，大雁的翅膀扇动的幅度很小，仿佛缀在天蓝绒上的一队剪影，仪态万方，娴静而优雅。

怕伴侣为失子哀伤过度而体力不济，青帝便在飞行途中百般照顾、百般体贴。他安慰她、鼓励她，与她相濡以沫。青帝的故事以及他的精神品质，在雁群中一时传为佳话。因为心情好，精力也便充沛，即使天高路遥，云海迷漫，飞行起来就好像乘风滑翔，感觉中只有天光云影，意气风发。

忽然，天风陡起，乌云骤布，雷鸣电闪，倾盆的暴雨迎面泼来。躲是已经来不及了，掉头返回也已经是不可能的事情。头雁反复告诫自己："不要慌，要稳住阵脚。要稳住！"他让大家挨个往下传话："努力不要离群。要像青帝与其伴侣那样，手挽着手，心贴着心。"口令虽然传下去了，他仍然不放心，前后奔跑，在雁群中反复宣传自己的主张："要发扬团队精神。要拼着性命穿过眼前这道恶魔设置的屏障！"

然而乌云毕竟太厚了，且黑云中夹了层层坚冰。黑暗的冰云像一道难逾的高墙，中有恶风呼呼怪叫，闪电像蛇一样在"高墙"上不停地扭动，"咔嚓咔嚓"的雷声一刀又一刀劈向天宇，切碎冰云，把大大小小的冰块投掷过来。冰夹着雨，雷带着电。那是怎样的一场恶战呀！谁也听不见谁的叫声，谁也看不清谁的身影。雁阵努力想冲破那道黑暗的"高墙"，但一次次冲锋，又一次次被击败。头雁已经撞得鲜血淋淋，但他没有气馁，没有消沉，而是带着伤痛把被撞散了的雁队重新集合在一起，雄性的，年轻的，体壮的，到前边来，仍然排成一个"人"字。"人"是多么伟大啊，像箭头，像犁铧，射入昏晓未割的时空，才有了满天星斗；插入尚未解冻的土地，才有了五谷芬芳。

然而那毕竟是乌云的世界，黑色的冰云纹丝不动地就又把雁阵撞了回来。

再冲上去！再撞回来！再冲上去……

头雁牺牲了。"人"字变成了"八"字。

第二只雁主动担起头雁的使命，"呱！"发一声喊，便又冲了上去。但也牺牲了。

第三只，第四只……一只一只，前仆后继，大雁在前赴后继。但一只一只都相继死在了乌云的利剑之下。

雁群被激怒了。"人"字唰地就变成了"一"字。一排大雁齐刷刷地冲了上去。那正是大雁一往无前的风骨与精神！一个优秀的群体"呱呱"大叫，义无反顾地向着乌云冲去。那"呱呱"之声是大雁的哭声吗？不！那是雁群在高唱："风萧萧兮易水寒，壮士一去兮不复还……"

瞬间，一切又归于沉寂。

谁穿越了云层？谁殉难了？无从知晓。雁群早已杳无音信。只有青帝带着累累伤痕在残冰败云处急急穿行，哀唤声声，寻觅着自己的雁群与伴侣。

> 孤雁不饮啄，飞鸣声念群。
>
> 谁怜一片影，相失万重云？
>
> 望尽似犹见，哀多如更闻。
>
> ……

杜甫的《孤雁》，难道就是专门为青帝写的吗？

忽然，青帝看见伴侣在冰屑云片的裹挟之下，向大地坠落。他翅膀一斜，一头便扎了下去。他想用自己的翅膀，把伴侣拉回云间。

他能够做到吗？是的，真正的感情一定能够创造出奇迹。

但伤势太重，他最终没有能够追上往下坠落的伴侣。在一个镜子一般的小湖旁边，他找到了伴侣的遗体，他把身上本已剩得不多的羽毛揪下一撮，覆盖在伴侣身上，权作葬仪。

守着伴侣的遗体，青帝不吃不喝，哀鸣久久不息。平时一拍翅膀便能高上云天的轻松感觉一点也找不到了。

失子之痛，丧偶之哀，离群之愁，使他悲从中来。他不想再展翅南飞了，他也没有力气再飞上蓝天。愁云漠漠，山野空旷，他想就在那小湖旁边，与他的伴侣长相守。

琴声喑喑……

菊散芳于山椒，雁流哀于江濑……

那是演奏者有意拨动了哀弦，让他忆起了元好问的《摸鱼儿·雁丘词》：

　　问世间，情是何物，直教生死相许？天南地北双飞客，老翅几回寒暑。欢乐趣，离别苦，就中更有痴儿女。君应有语：渺万里层云，千山暮雪，只影向谁去？
　　横汾路，寂寞当年箫鼓，荒烟依旧平楚。招魂楚些何嗟及，山鬼暗啼风雨。天也妒，未信与，莺儿燕子俱黄土。千秋万古，为留待骚人，狂歌痛饮，来访雁丘处。

云渐渐稀薄、渐渐淡远，夕阳像一匹透明的黄绢，从云崖垂至大地。

余晖中，一位年轻战士，头上缠着绷带，身上满是黄泥巴一样的血渍。他用带血的指头在半片衣襟上写什么呀？啊！他是在写家书吗？

树桩，破屋，残垣，断壁……

大雨虽然浇灭了狼烟，却洗不尽那焦烟之色。战争也如黑云一样残酷。

看那战士惊慌不定的神色，好像那封家书写不完，号角就要催他出征了。

　　然而，眼前根本就没有传书带信的人，即使把满腔热血呕到那半片衣襟上，不也是枉然的吗？

　　不过，青帝万万没有想到的是，他一只垂死之雁还能再替人做一回信使。在华夏大地上，鸿雁传书本是千古佳话，而今舍他其谁！

　　他一下子就振作起来了。他只简单地理了理零乱的羽毛，就轻而易举地飞上了苍穹。

　　他想唱歌。当然，他唱了支歌。他又想吹口哨，还想翻个跟斗。他心里有着一股激情，要是掏出来撒开，肯定不亚于天女散花。

　　碰见娇贵的云雀，他就拍拍翅膀，说一声："小姐，您早！"

　　云雀一阵惊喜，回说："啊！青帝，看你的气质多好，那么高贵而自信！"

　　碰见尊贵的喜鹊，他就点点头，道一声："阁下好！"

　　喜鹊喜滋滋地说道："啊！只有大雁家族对人世间才有崇高的感情！"

　　是的，他太兴奋了，他太激动了。他觉得他携带的不仅是一封平平常常的书信，他携带的是丈夫对妻子的牵肠挂肚，是儿郎对母亲的揪心思念，是家国哀声，是人间真情。如果不把那封信带到收信人手中，那戍边战士的家人岂止是身依家门，望穿秋水啊！

　　在他的面前，又出现了可憎的乌云。大团大团的乌云结成一个黢黑的世界，让大雁望而生畏。他别无选择，他必须从乌云中穿过去。没有战友，没人掩护，没人助威。凭着一腔热血，憋足劲"呱呱"大叫几声，居然真的就一头撞进了那乌黑的云层中……

　　天高路遥，云海迷漫。行程是那么艰险，心境又是那样的凄凉。孤影彷徨，边关月冷；暮雨寒塘，毒箭伏隐。那是他生命中最漫长也最残酷的一段经历。他真是不幸，他真是万幸。那段经历几乎使他尸碎万段，但那段经历却使他获得了生命的真谛：世界上最宝贵的固然是生命，但没有意志、没有责任的生命却不知宝贵在哪里！

乌云过后，便是薄云清风，便是天街小雨，便是绚烂的彩虹。多清凉！多爽快！东边日出西边雨，道是无晴却有晴……

但他不敢贪图，不敢眷恋。他必须一直飞。

青云之上的夜色多美啊！明月皎皎，蟾宫触手可及。"转朱阁，低绮户，照无眠"，咏苏词，焚桂枝，围着篝火与仙人对酌，是天上人间再没有的赏心乐事。

但他不敢贪图，不敢眷恋。他必须一直飞。

好像他生到这个世界上来就是为了飞。

为了顺利飞行，他巧妙地躲着老鹰的挑衅，躲着鹞群的围攻。几只野鸭追着喊着奚落着："看哟，孤雁！一只可怜的孤雁！"野鸭的讥诮是对他最大的羞辱。孤雁在雁群中是最受鄙视的。孤雁的品质那么高尚，而群雁的品格为何那么卑劣？风凄霜冷，大雁双双挤在一起暖暖和和地睡眠的时候，孤雁便得孤哨于九霄，他得保证做到有警必报。然而一旦发错警报，雁群便群起而攻之，把他鸽个遍体鳞伤，以示下不为例。雁群少吃少喝时就派孤雁去找。当雁群饱享他找到的食物时，他又得忍着饥肠站岗。等雁群吃饱喝足，才能轮得上他吃些残羹剩汤。有时候还没等他下口，雁群就要起飞，或者被敌人惊扰，他就得立刻与雁群一起奔逃。至于下站在哪落脚，他又得只身前往选择目标。不管有多少只雁，飞行时他只能附于队尾，没有个人意志，没有个人自由。他，没有家的孤雁，便没有面子，没有声誉，没有人格，也没有被人尊重的资格和权利。有家有口有配偶的都防着他，人家的儿子也不允许他亲近。为避晦气，人家根本就不允许他走近人家的圈子。除此之外，人家最看不起的是他的苟且偷生。大雁没有了可相依为命的亲人，你孤零零地活在这个世界上还有什么意思？既然你想苟活，好吧，就让你尝尝苟活的滋味。光是那种精神折磨你就受不了，否则，你就去死。大家可以在心里给你树碑，给你立传。

不。青帝不要碑，也不要传。他虽然做了孤雁，但他却并非苟活。他找到了活着的意义，他找到了生存的根本。那是生命的依据，那是精神的依托。为此，他精神更加矍铄，精力加倍充沛，生命力也更加顽强。高高的蓝天上，兴致油然而生，他便吟咏起崔涂写的《孤雁》：

> 几行归塞尽，念尔独何之。
> 暮雨相呼失，寒塘欲下迟。
> 渚云低暗度，关月冷相随。
> 未必逢矰缴，孤飞自可疑。

如果说杜甫的诗是为青帝写的，那么崔涂的这首诗就完全是写青帝的。

哦！青帝，他哪里只是一只孤雁，他分明是雁中的俊士，是雁族中的精英。

士可杀而不可辱。青帝本来想冲上去，与那一帮混账东西拼个你死我活。想想，唉！"野鸦无意绪，鸣噪自纷纷。"为了那战士的家书，他远远地绕了个弯儿，把那侮辱他人格的卑鄙东西绕过去了。他的人格并没有受到任何伤害，他仍然保持着自己的品质。而那卑鄙的东西却永远在原来的地方那么自我地卑鄙着。

可是，因为那一绕有些猛，又顺着风，他就顺势滑了下去，滑了很远很远。他想纠正飞行的方向，但那是相当费力的事。毕竟长时间没有吃东西了，也没喝一滴水，他真的有点力不能支了，实在是连一呼一吸的力气都没有了。他真想就那么静静地闭上眼睛，顺着风势滑下去，滑下去，轻轻地，悠悠地，无声无息地，滑到哪里，算到哪里。

"青山处处埋忠骨，何必一定是乡梓。"但不能这样啊！即使耗尽生命的余热，也要把那一封家书带回故乡，交给战士日夜思念的亲人。战争那么频繁，战斗那么残酷，"烽火连三月，家书抵万金"唱绝了千古，有谁能忍心断了硝烟相隔的音讯？

他努力把翅膀平抻着，即使无力上下扇动，也不敢收拢回来稍憩片刻。倘一收拢，翅膀就会贴住身子，再也无法打开。他已经没有再一次把翅膀打开的力气了。那样，他就会像一块石头一样坠落到下边的山坳里，使那封家书消失在战争的烽烟中，使那战士仅有的一点消息永远沉没于他的不负责任中。他努力把翅膀平平地抻着，抻着，一直抻到麻木，抻到僵硬，抻到再也不能上下扇动，抻到再也收拢不了。一只僵硬了的大雁，一只木头一样的大雁，在天风中飘啊，飘啊……

其实他已经什么都不知道了，他已经死了，他就那样在半空中死了。

不过，也许属于回光返照吧。他又睁开了他那锐利的双眼。

哦！江水如蓝，那不就是江南水乡吗？

是啊！"日出江花红胜火，春来江水绿如蓝……"

既是故乡，也是他乡。

又是来来往往，又是风光依旧，又是物是人非。

他无法闭上的双眼，不禁潸然泪下……

第二辑　蓝的旋律

蓝蓝的沁河湾

沁河流到土岭，似乎就再也不想往前流了，就在那里蜿蜒曲折。折来折去，便折出一个很大的湾儿，直至把一座青山弯成了一个孤岛，一个绿草如茵的小岛。

从土岭的山头上侧了身子望下去，蓝蓝的沁河湾，如英文字母中的"G"。站在土岭的山头上，眼前的景象让人很惊叹，有人激动起来："看啊，沁河第一湾啊！"有的人却很冷静，确乎握有证据，说："那应该是世界第一湾。"

是说那个湾儿很大吗？我想不一定。

不管怎么说，沁河也只是黄河的一条支流，怎么就能够弯出一个世界第一湾呢？我不懂英文，不知道"G"能说明什么。但是在我们的汉字里，我却知道那个"湾"字很有意思。湾，《广韵》里说："水曲也。"

然而，又岂止水曲。还有湾矶，指弯曲水流中的石头；还有湾埼，指弯曲的水岸；还有湾澳，指弯曲的水边；还有湾浦，指弯曲的水滨。

湾矶、湾埼、湾澳、湾浦，整个亚洲，或者整个世界，不知道哪一湾，能有这么丰富的一湾内涵。

何况，从土岭的山头上侧身望下去，还会给你一个很雅致的印象：蓝蓝的沁河湾，居然像一枚戒指，一枚镶着蓝宝石的戒指。

　　然而，比喻往往并不十分恰当。蓝宝石固然美，那蓝蓝的沁河湾固然有着蓝宝石一般的美，然而蓝宝石戒指却是一件没有生命的饰品，是只宜戴在淑媛柔荑般的手指上的一件饰物。蓝蓝的沁河湾却是有生命的，是造化置于土岭的一个生命的摇篮。

　　看那四周青山，总是随着春风绿，随着秋风断然变成金色。但可怜的是，四周青山竟连一丝一毫的自主能力也没有，或者说，连最起码的自主意识也没有。

　　而那一湾蓝蓝的沁河水却是永远的蓝，自在的蓝。春天，竟蓝得如少女一般沉静；夏天，便会蓝得有一些冲动；秋风徐徐，她便蓝得持重起来；至于冬季，不是凄婉，不是冷，而是温淑、矜持。

　　她是极不情愿受季节摆布的。她固执地、努力地把握自己的命运。虽然大海对任何一条河流都有着无限的诱惑力，但她却努力克制着自己，把自己弯在这里，让自己多一些自由生命的体验。

　　是的，在急急的奔流中，不管碍于哪一种因素，风都会让她开出一朵又一朵小小的洁白的浪花。但她却不要。她不想要那种稍纵即逝的小美，她要的是生命中永不消逝的大美。大音希声，大美不言。蓝蓝的一湾，美得深沉，美得永久。那才是她生命的特质，是她与生俱来的真性情。

　　风雨如晦，蓝蓝的沁河湾却始终在激荡着，漾动着，带着灵感一样的晨光，带着梦一般的落日金辉，带着大自然对土岭的钟爱，把一湾的鱼儿虾儿都荡漾得活蹦乱跳，把岸上藏在草丛里和躲在水中的蛙儿虫儿，都漾得不停不歇地对歌、吟唱。受了蓝色的诱惑，游弋在水中的小花环蛇，一条一条激动着、蜿蜒着，心里好像都有一些急，不找到一个伴儿倾诉一番，似乎便不肯罢休。

　　借着风，沁河湾把河里的水努力地往山崖上泼，往山的高处扬；或借着太阳的光热，把一片水变成淡蓝色或乳白色的雾气，它们在空中飘来飘去，争取能给每一片树叶或草叶以浸润。得到恩泽的一河两岸的树木与草丛，几乎一年四季都是葱郁的；得以滋润的林中鸟儿的喉舌，唱得出婉转动听的歌。蓝蓝的沁河水，灌饱了那一片片的山地，那山地里的谷物就长得更加肥壮了，那谷物的籽儿就长得更加饱满，那地塄上缀在瓜秧上的老南瓜就更加肥硕，那一树一树的柿子，也就更加甘甜。

清早，人们起来的第一件事，便是到山崖下去挑水。走到水湾处，一弯腰，便从沁河湾里打起来满满的两桶蓝蓝的沁河水，然后悠悠地走在那陡峭的山坡上，一步，一步，仿佛踩着岁月的音符，合着时令的拍子，踩出一曲老迈的歌。把那蓝蓝的沁河水挑到家里，滋养着家里的儿女们。

趁着晨光，村子里那些小鸡，小鸭，猫儿，狗儿，只要是有生命的东西，便会抢着到沁河边去觅食，一点一点，寻觅着生命的所需，啄着生命的所需。

赶着落霞，晚牧下来的羊群，下了犁套的牛，都会快步到湾边来饮水。那时候的沁河水，仿佛停止了流动，敞开襟怀，荡漾出一河好看的涟漪，让那些又饥又渴的牲口们，将那似乳汁一样甘甜的沁河水，饮得舒心，饮得痛快。

当雨滴往沁河湾落的时候，人们就说，那是老天往沁河湾里注蓝。当风从沁河湾的水面上掠过的时候，沁河湾便生一湾蓝绮。太阳早早地就把光抹到高高的山头上，又一点一点往山下移，当移到沁河湾中，便融一河的金色。到傍晚，落日洒下一弯彩虹的瞬间，月儿就会升上来，月光就会在水里晃荡成一湾碎银。

一湾蓝水，两岸青山。一年四季风景如画。

滋润生命，孕育根茎。风流千古太行人家。

按意大利诗人夸西莫多说，那是"一湾碧蓝的流水"。

按英国诗人雪莱说，那是"一湾蓝色的深渊"。

按中国作家郁达夫说，那是"为恋人间水一湾"。

岸边长大的儿女们，曾经一个个跳过蓝蓝沁河湾，走出去寻找世界。然而，走到天涯海角，却怎么也走不出那一湾蓝蓝的光与影。

是"青出于蓝而胜于蓝"的那种蓝吗？是"终朝采蓝"的那种蓝吗？

是的。是生命之蓝，是智慧之蓝，是爱之蓝。

否则，从沁河湾走出来的太行儿女们，为什么一个个都是那么的心灵手巧、聪明能干、善良温厚呢？

"山泼黛，水挼蓝"是黄庭坚说的。黄庭坚说得太好了、太美妙了。一山一山的黛，是瓢泼的雨泼出来的。而那一湾蓝得出奇的沁河水，也真是挼出来的。从沁源的霍山一直到晋城的土岭，一路上，风使劲地挼，雨也使劲地挼，那山崖，那岩石，无不使劲地挼。就像少妇们跪在石头上挼衣服一样，挼来挼去，硬是挼出一湾蓝色。

一湾蓝色。一湾生命的本色。

归去凤池夸

春节将近，漫天雪花纷飞，仿佛带着一片片海棠花的芬芳。那不是我的错觉，也非隐喻，而是竹溪的海棠花像漪澜一样，一直浮动在我的记忆深处，让我永远忘记不了我在与竹溪临别时的八字赠言：揖别竹溪，海棠依依。

那是 2023 年 4 月 28 日清早，金色的晨雾广布山头，营盘山像裹了冰纱的女孩，微微含笑，频频点头，为我们送行。背依青山，面向朝阳，若醉若梦的小红楼隔着淙淙流泉也在向我们挥手。面对此情此景，我心里暗暗说："营盘山，请您放心，我会'图将好景，归去凤池夸'。"

是的，这是柳永说的。但柳永"归去凤池夸"的是"三吴都会"钱塘及其"三秋桂子"，我将"归去凤池夸"的是"朝秦暮楚"的竹溪及营盘山的"玉色海棠"，夸夸竹溪的物华天宝，夸夸竹溪营盘山的壮丽和富饶。

竹溪吟

先夸竹溪。

从竹溪回到家的第三天，我应邀赶赴了一场晚宴。明月春风，七位诗贤都在对酒说诗，我却滔滔不绝大赞竹溪，大赞营盘山的海棠花。朋友也说海棠好，但笑我太痴，说你没有见过海棠花吗？为什么跑湖北去？山高路远，车马劳顿，值吗？

我没有说值，也没说不值，我只是说，海棠到处有，但天下竹溪却只有一个。你们都见过海棠，也都见过竹溪吗？单凭"竹"与"溪"这两个字，就应该美得诗意横流。去看看竹溪风光，去领略竹溪风情，我觉得应该不惜远足。

是的，竹溪并不大，是个小小的县城，四周青山，像精致的碧玉雕盘，将玲珑的竹溪城置于其中。层楼与青山竞高，人心与三月争春；菖蒲与海棠异色，莺雀与山二黄共韵。户牖参差，门庭华好。泉与溪同流，米与茶齐香。百业与时代并步，文化与岁月共存。这是竹溪概略。

拙于言辞，我没有更好的方法和技巧，把竹溪的风物描述得绘声绘色，便拿出手机，调出竹溪的风光照片，蘸着美酒，和着月色，把竹溪凝成了一首《江城梅花引·竹溪吟》：

依秦傍楚看朝暾。望阳春。正阳春。轻撚春毫，听蛤唤鲵呻。长峡长城风景异，云出岫，水生烟，金稻芬。

稻芬。稻芬。茶更芬。楠也芬。樟也芬。郁郁馥馥，处处是、花魄诗魂。芝陌兰塍，婉婉绕新村。菌阁蕙楼缭紫气，缭不尽，竹溪情、梓里亲。

绣花小品

一座小城，一条大河，似乎有一点不相匹配，像方及豆蔻的小女孩披了一条大纱巾，载不动那一河水。但是，因为有竹溪河的溉润，便丰富了两岸的文化与风情，把一个竹溪城浸润到物阜英华。

　　比如绣花鞋垫、绣花袜底，虽然我们此行没有看到这两样饱含竹溪风情的小物件，但过往的印象，却深深嵌在我的记忆里。虽然是两样小物件，但那俊俏的模样儿，匀细的针工，缤纷的彩线，将开未开的花骨朵儿，洇红洇白的花瓣儿，随风婀娜的嫩枝，疏疏落落的绿叶，像是一双双巧手把早晨带露水的花儿撷来粘了上去，总能让人感受到绣花女抱在怀里针来线往的情肠义心。虽然是记忆中若梦若幻的一个影子，正如《诗经·小雅·隰桑》所言："心乎爱矣，遐不谓矣？中心藏之，何日忘之！"

　　说到竹溪的绣花袜底、绣花鞋垫，我也曾经写过一首七律：

　　　　明月晴窗依白云，银针袜底紫罗裙。

　　　　凝珠荷叶夏初绿，细蕊梅花雪后芬。

　　　　霁色凝情匀凤字，明霞无意散龙文。

　　　　竹溪自古多知己，都是彬彬识花君。

　　虽然写了诗，但心里还有余感难消，便又填了一首双调《江城子·再题竹溪绣花袜底鞋垫》：

　　　　菊兰芍药海棠花。吉祥花，竹溪花。姐妹扎花，斗横月西斜。心意绵芊针引线，情暖暖，寄天涯。

　　　　五湖男子爱吴娃。醉因花，梦因花。鞋垫舒和，袜底犹奢华。放步踏花千万里，朝思业，晚思家。

　　绣花袜底、绣花鞋垫是竹溪的两样"吉祥物"，即使今天看不到了，也应该是竹溪的"非遗"。

竹溪三贡

绣花袜底、绣花鞋垫只能算是竹溪的两样小品，不足为外人道。但是，竹溪可不是一个小品世界，她还有让人惊诧的超凡逸品。我所谓的"逸品"，便是竹溪的"三贡"，就是世人称道的竹溪茶、竹溪木、竹溪米。

对于竹溪"三贡"，我不用多说，因为有著名作家梅洁先生的《溪城楠木及其它》，我便是"眼前有景道不得"了。梅洁先生在她的《溪城楠木及其它》中有这样的描述："贡米"是说竹溪大米从400多年前的明神宗年代就成为朝廷"专贡"，成为"皇米"。每年，千担万斤的大米历经千山万水运达京城，成为皇室餐桌上的美味佳肴。"贡茶"即"梅子贡茶"，是说竹溪梅子垭的茶叶曾由唐代女皇武则天钦定为朝廷"贡茶"，梅子垭的清香之叶是由被贬房陵（与竹溪毗邻的房县）14年之久的武皇之子李显亲荐给武则天的。我查了一下唐代纪元表，发现李显尝饮梅子贡茶要早于"茶圣"陆羽著《茶经》70余年。"贡木"即生长于竹溪苍茫林海里的金丝楠木。这种木质坚硬、木体挺拔壮硕、木纹如金丝镶嵌、高达十几米甚至几十米的大树，被当地百姓视为神木。在没有钢筋水泥的古代，建筑皇宫千觅万选的栋梁支柱就是楠木。在北京故宫、天安门城楼、明十三陵的建筑中，成千上万根金丝楠木支撑着那里的辉煌。于是，竹溪人称楠木为"皇木"。

受梅洁文字的感染，我又为竹溪"三贡"写了一首宜吟宜诵、亦歌亦赞的小令《渔歌子》：

竹溪风物恁芬芳，风流皆是贡品样。贡米白，贡茶香，金丝楠木若辉煌。

历史遗孤

酒热心热，诗友们已经有了急切想登一回营盘山的热情。然而，我却拦住了。我对诗友们说，还是先去看楚长城吧，去看看那一道长长的历史遗痕，循着古老的关垭城走走，在楚人用粗糙的大石块垒起来的边墙下，体会一下江淹《望荆山》"奉义至江汉，始知楚塞长"中所表露的心迹，望望楚江烟雨，一顾秦川岚光，你心里便会有一个历史的长度和宽度，然后再去看营盘山的海棠，你便能够与海棠晤对山野，领略那个"野"字中所饱含的英气与精神。

楚长城如何，你们可以自己去看，一个人会有一种感受。有一首《满庭芳·有感楚长城》在这里就是我的感受：

> 迤逦青峰，绵延晴谷，若腾若跃神龙。一坡春雨，又几岭春风。晨啸晚吟夜梦，带魂魄、雾里云中。浴沧海，英姿茂异，漭沆荡飞虹。
>
> 楚天多志抱，浩然剑气，落落雍容。遗下个，故垒冷月残烽。恨也愁且过也，也莫怨、酒绿灯红。扪颅堵，卜天下事，明月照虚空。

吊古营盘山

看过楚长城，你就站在营盘山吊古吧，凭吊一回那"八百里绝龙岭，三千年大营盘"，凭吊一回殷商太师闻仲。问一问天，问一问地，问一问风云和草木。传说闻仲曾经拜师金灵圣母门下，能够金、木、水、火、土遁诸端变化，手执雌雄鞭，坐下黑麒麟与黄飞虎并称文武双璧，为什么难为商纣王守住那片江山？

凭吊古人，寻觅古迹，触摸一下历史的深度和高度，感触历史的痛点与光点，然后想想，你将要对漫山遍野的野海棠花诉说什么，海棠花又会对你说些什么。为引发你的思古之幽情，我写下了一阕《木兰花慢·竹溪营盘山吊古》：

　　汉江经流处，秦雨暖，楚风凉。待望远登高，云空故垒，烟隐边墙。闻仲营盘旧地，草树巉岩雾色苍茫。尽管神号雷祖，奈何雨暴风狂。

　　江山不是小池塘。柞胤或如霜。揣山水双璧，秉心偏执，熔断金汤。纵有托孤元老，只忍看潮汐泛汪洋。若问谁谙兴替，海棠感荷沧桑。

文章华物

文章华国也好，华物也罢，你还是先别急着去看海棠。面对"中国著名作家采风基地"的金匾，在夕晖斜照的小楼凭栏，偎着翠竹，坐在日夜流响的百草泉畔，读一读湖北省国营竹溪综合农场编印的《竹溪县营盘山征文》。看一看竹溪文化人笔下的营盘山是怎样的一座山；看一看竹溪综合农场的主人们都在做些什么，它是怎样一个方向明确、效益突出、前途辉煌的企业；看一看竹溪作者笔下的海棠花如何美；看一看他们在憧憬什么，在希望什么。散文《营盘山的童年》《寻幽营盘山》《几度海棠入画来》，组诗《秘境营盘山》，篇篇都好，都是好诗美文，我下边粘贴的是文稿中的一首小词《行香子》，据说这是一位乡村女子写的，我想请您读一读，读一读竹溪人的情怀和文心：

绿草如茵，飞瀑如银。慢行来、空气清新。密林栈道，一路无尘。近营盘山，绝龙岭，太师魂。

杜鹃花艳，古树开春。喜山中、岁月无痕。犹思归去，作个西邻。对一溪诗，一溪水，一溪云。

我不是说这首《行香子》好到无瑕，但作为诗词爱好者，我不能够见到好诗词不动心。词的上阕最后三句"近营盘山，绝龙岭，太师魂"，层次分明，意境渐深。先把你引上营盘山，再把你送到绝龙岭，让你走近"太师魂"，走向远方，走向幽缈，走向空灵，走进历史深处。下阕"犹思归去，作个西邻"。中国有句古话："百金买房，千金买邻。"词人为什么愿意作营盘山的"西邻"呢？仅只是可以"对一溪诗，一溪水，一溪云"吗？营盘山带给了词人怎样的吸引力？子曰："德不孤，必有邻。""作个西邻"给读者留下了一个很大的想象空间，让读者自己亲自去看看、去想想营盘山吧。

沏一杯好茶，在一个好的清晨，读一篇好文章，一整天都是好心境。

营盘山综合农场的主人能将如此更多、更好、更美的文字播布到山光朗朗的营盘山头，尽显了营盘山综合农场主人们的格局和风采，所以营盘山才有了目前的富饶之态。

海棠之海

竹溪拥有打油坊、腊肉工厂、春茶场、桃花岛、合欢谷、鸡心岭、八卦山、皇木谷、黄花沟、鄂坪乡、石板河等，它们都是风景殊美所在，我都夸不过来了。在看到营盘山海棠花之前，我之所以浪费这么多貌似与海棠无关的文字，是我以为赏花也如赏析文章，应该首先知道那篇文章的写作背景，应该知道海棠生长的自然环境和人文环境。如此，你不但能够看到海棠花的姿色，还可以领略到营盘山海棠花的精神品质。

我将营盘山的海棠与庭院、寺庙，以及园林海棠做过比较，她们都有一个共同的特点：鲜艳、美丽、姣好可爱。但庭院海棠优雅却显得拘谨，寺庙海棠貌似神气却少了魂识魄光，园林海棠多艳质却过于矜持，有一点娇弱。这都是海棠花生长的自然环境和人文环境不同的结果。竹溪人把营盘山海棠称之为"野海棠"，她们居然"野"成一片汪洋，"野"成了"海棠之海"。"海棠之海"真的有一点难羁的野性。几千亩海棠，几万株海棠，放眼望去，如曹操的诗："水何澹澹，山岛竦峙。"

一个"野"字，不仅明喻了营盘山海棠成了林海，也透出了营盘山海棠的神貌和秉性。没有风也没有雨的时候，"海棠之海"晴澜浮动，绮涟微明，香波层层，一派岚光。狂风来了，暴雨来了，"海棠之海"也"洪波"涌起，"白浪"推过来，"红浪"推过去，"海啸"之声随之而来，那是每一株海棠在拼命地呼喊："姐妹们，弟兄们，抗住啊！抗住恶风！抗住暴雨……"

那不是真正的"海啸"，那是海棠花潮。海棠花潮的壮观景象，会让你想起花蕊夫人的"更无一个是男儿"，想起易安居士的"气压江城十四州"，想起薛涛的"步摇冠翠一千峰"。

那是气度，那是风骨。以营盘山神貌之雄，它所养育的一草一木，绝不会形神猥琐。

营盘山的海棠远看是一片花海，近看，一株一株都是宓妃一样的"女神"。带了露水的花骨朵儿、花瓣、花蕊，白里总是透出一点红晕，红里又总是泅出一片梨花白，都是那么鲜艳、那么明洁，都是那么灵动、那么轻盈，既不失尊贵，也不失娇美。袅袅娜娜都是大家闺秀的知书达理，娉娉婷婷都带有小家碧玉的清扬婉兮。心慧黠，有胆识，潇潇洒洒，若巢燕自由，如娇莺自在。奔放，率真。格调绝尘，风流自任，却又不失雍容大雅，内心里有一点男子汉的义气慷慨，岑寂时或默默有所思。那性格中带出来的是活泼、是倔强，有一点像沈从文《边城》里的翠翠，也有一点像《红楼梦》里的晴雯。

无论是单株，还是林浪翻腾，她们都耐得风霜、耐得劳苦，有一点不屈和坚毅，既有风采，也不乏神光。她们散散漫漫在风雨营盘山的山阴山阳，广布于旷野与丘壑，她们会以其水云神姿、冰雪品质、春风态度，净化营盘山的天和地，净化竹溪人，以及竹溪来客的心灵。

营盘山的野海棠夸不尽，我便将其也揉成了诗词一并放在这里，以表我爱野海棠的心声：

临江仙·竹溪营盘山看海棠

楚天未老秦川晚，竹溪风暖晴沙。杜鹃声里看沉霞，玉清冰洁海棠花。铺雪卧霜眠月魄，璧醒珉醉瑶华。含情多为蜀红丫，梦中相忆犹咨嗟。

海棠春

营盘山上春晨早。晴光里，海棠放娇。醉雪卧轻寒，红篆吟昏晓。万花琪树蟾光照。把玉翠，春风在抱。轻捻海棠枝，影影惊飞鸟。

七律·营盘山海棠花

营盘山上海棠花，疑似朝霞接晚霞。

六逸临溪看丹棘，七贤依竹听琵琶。

忽如秀色玄都观，也应藏春苏小家。

一树芬芳一笺赋，多情蜀客寄天涯。

孤峰琴台

　　琴台，似台非台，孤峰而已，应该是太行山壮丽景色中的一件小品。

　　或许你会说，孤峰就是孤峰，怎么会成为琴台？而且，孤峰四周沟壑交互，群峰峥嵘，木为林而荫翳，风穿峡而呼惊，怎么能够与雅乐古琴相匹配呢？

　　也许这就是代沟，而且是一条鸿沟。我们无法理解古人的行为，无法理解古人的思想感情，无法体会古人的情致，也无法感知古人的境界，所以常常把古人留下的古迹当谜猜。

　　比如师旷，春秋时期那个字子野的晋人，他是一位操琴大师，虽然是一位盲人，却有"师旷之聪"的高誉。他创作的《阳春》《白雪》《玄默》，直到今天也还没有来者比得上。因为曲高和寡，缺少知音，传说他常常携琴到大山里，到太行山那座孤峰之上，把琴弹给山听，弹给水听，弹给百兽与鸟儿听，弹给孤云与落日听。师旷的琴声与风声、雨声、鸟声、虫声、松涛声、落叶声、初冬雪花的匝地之声，融合在一起，糅合在一起，日臻完美，方成为《阳春》，成为《白雪》，成为旷世绝响。

　　还有一位楚国人俞伯牙，传说他不远千里到晋国来谒见师旷，拜师学琴。其实，俞伯牙与师旷并不是同时代的人，俞伯牙不可能见到师旷。但俞伯牙想见到的，是师旷曾经抚琴的琴台，向着师旷在那座琴台上留下来的精神品质，向着师旷的心灵和灵魂，向着师旷把自己的琴音融入大自然的风声雨声，他学有所成，在那座琴台上完成了与《阳春》《白雪》齐名的《高山流水》。

高山流水，知音难觅，所以俞伯牙也只好在这孤峰之上，对那春花秋月，对那垂垂崖柏，对那霜浓露淡的黄昏与黎明，拨弦而弹，以抒发胸中的孤愤。

当然，俞伯牙是幸运的，他终于遇到了钟子期，遇到了能够听得懂《高山流水》的知音。

可惜的是，钟子期不久便死了。之后就有了流传千古的动人故事：俞伯牙摔琴谢知音。

伟大始于发愤，不朽成于孤独。任何伟大的成就，都应该是一座孤峰。太行山上的一座孤峰，也就成了鲜为人知的琴台。

我常常登上孤峰，去看雪，去听雨，披着黄昏的风，或者戴着深秋的月，在那孤峰之上徘徊。我想听师旷的琴声，也想听俞伯牙的琴声，但我听到的却只是风声、雨声、疏疏的雪花匝地之声。孤峰琴台看上去也很平常，似乎与太行山可比肩的山峰没有多大不同，但因为心里有了师旷与俞伯牙在此弹琴的传说，或者有了后人借师旷与俞伯牙的声名以张扬自家门前的峰峦之心，便赋予了孤峰非同寻常的文化内涵与生命，孤峰不孤，它成了太行山的一个奇观。那春天的风、夏天的雷、秋天的雨、冬天的雪，与落叶，与虫鸣鸟鸣，将一座孤峰热闹成了一曲曲交响，那么动听，那么让人动心又动情。

虽然我谓之小品，但毕竟它在太行山上。八百里太行，太富饶了。就那么一个小品，也丛生着许多传说和故事，让人面对一座孤峰，感慨不已，赞叹不已。

传说王莽在战争间隙，也常常到这里来弹琴，以抒发他难酬的改革之志和郁闷的文化情怀。也太难得了。作为改革者，他不想失败，但他最终还是失败了。那惆怅，又有谁能品味呢？

王莽岭有许多关于王莽和刘秀的故事，大都在褒刘贬王。这就有了一个矛盾：既然贬斥王莽，为什么又以王莽之名冠以太行山最典型的风景区呢？而且这个冠名并非今日，而是在不知道的什么历史时期。

在我心里，也多是贬王莽的，因为小时候看舞台上的《王莽赶刘秀》，王莽一脸白色，如曹操，如秦桧和潘仁美，是个大奸臣。

但最近读了美国著名学者、终身哲学教授、普利策奖和自由勋章获得者威尔·杜兰特用了40余年时间完成的《世界文明史》，其中有《东方的遗产》一卷。在那卷《东方的遗产》中，杜兰特称王莽是"中国哲学家皇帝"。

自秦始皇始，中国皇帝有多少？被称为"中国哲学家皇帝"的还有谁？大概王莽也算得千古一帝吧？威尔·杜兰特说，王莽是一个很有建树的士大夫，一个文学赞助者，一个对朋友和穷人仗义疏财的巨富。他篡位之后，环侍其左右的皆是文学、科学和哲学方面的饱学之士。他把土地收归国有，将其平均分给农民，并且取消奴婢制度。他像汉武帝一样，也试图通过平准的办法来控制物价。他规定以低息向商贩发放贷款。那些因为他的改革而利益受损的集团，阴谋要联合起来将其推翻。这些人得到了水旱灾害和夷狄人入侵的帮助。富裕的刘氏宗室带头反叛，杀死王莽，废除他制定的法律。一切又都恢复旧制了。

哦，如果是这样，那就难怪民间把最能够代表太行山风光的峰峦叫王莽岭了！

尽管有很多贬王莽的故事，但细细品阅，那许多看似贬斥王莽的故事中潜在的感情多倾向于王莽。所涉及王莽的地方，大都贬中有褒，琴台也是。把王莽与师旷、俞伯牙放在同一个琴台上，可见人们褒扬王莽的用意之深。胜者王，败者寇。谁能改变这个事实？好在有"勿以成败论英雄"这样一句话，多少能给人一点安慰。触动普通人的利益容易，触动士大夫的利益难。王莽并非愚到连这一点也不懂。但他从小就是个孝子，是一个读书人，他的内心深处有着自己民族文化的根底和渊源，有着中国知识分子的文化责任与担当……

王莽是人间一缕最孤独的冤魂，谁又能理解他、安慰他呢？

他只好摇摇头，自己爬上那琴台去弹琴。

我徜徉于孤峰琴台，听到酷似琴声的风声、雨声、虫儿叽叽声、鸟儿啁啾声，我怀疑那就是王莽的琴声，那是他对历史的倾诉。

东汉末年著名的女文学家、音乐演奏家，在历史和书法方面也很有建树的蔡文姬，史书称她"博学而有才辨，又妙于音律"，曾被匈奴左贤王纳为王妃。居匈奴 12 年后，她回到洛阳，回首往事，无限悲伤，便把自己曲折的经历和辛酸融于文学，写出惊世的《胡笳十八拍》。但是，人世间又有几个人能够听懂她和理解她的《胡笳十八拍》呢？

据说，蔡文姬无奈之际，曾背着她的古琴登上孤峰，攀上琴台，以琴与师旷对话，以琴与伯牙谈心。

山花盛开，时鸟停飞，百兽不散，都陶醉在她的琴声之中。

然而，蔡文姬却哭了，不过只是无声而泣。

那是琴声，那是琴心，是与天与地与山与水的共鸣。

有人告诉我说，只要你屏息去听，一定可以听到蔡文姬的悠扬琴声，带着风声、雨声，成为历史的回声。

这就是太行山，这就是王莽岭，一座孤峰，一座琴台，一个最容易触动感情的地方。

那一天，我独自站在那座琴台之上。先是落日晚照，继而是月明星稀。茫茫云海，霜冷长空，我似乎真的听了到了琴声。没有哀伤，没有幽怨，像一场春雨，酥酥地落在山野。那山，那峰，那八百里太行山，似乎就是一张偌大的古琴，一张待操的古琴。

日照的海

一

去日照，我就是想去看看日照的海。

日照旁边的海是黄海，黄海得名于黄河，我就是想去日照看看曾经归了黄海的黄河。

是的，黄河是注入了渤海，但那是 1855 年之后的事情。1194 年至 1855 年之间，长长的六百多年间，黄河通过淮河的河道进入黄海，历史上称为"夺淮入海"。

"夺淮入海"！真不愧是黄河的做派与性格。

自黄河从江苏北部"夺淮"注入黄海，本名"东大洋"的那片水域被染成了土黄色，1908 年，"东大洋"因此始名"黄海"。

日照在黄海西岸，我去日照看海，就是想去看看历史上"夺淮入海"的黄河。

几乎天天能听到壶口瀑布水声如雷的我，自以为是黄河的娘家人，我想以娘家人的身份，去看看曾经"远嫁"的黄河。

黄河在壶口瀑布的时候，仿佛娇宠坏了的女儿，那么放纵，那么任性。归于黄海，在日照的黄河还好吗？会有"妆罢低声问夫婿"的小心翼翼和委屈吗？

　　站在日照的海边，我看到了终归大海的黄河，它已经不再是黄河了，已从一个黄髫儿变成了"舞爱前溪绿，歌怜子夜长"的"王家少妇"了。

　　不，不仅有巾帼倩影，还多有须眉气概。在日照金色的海滩上，黄河已经和日照人一样，成为一众勇毅而刚猛的东征壮士。

　　壮士既具有海的尊严与高贵，又保持了河的狂傲与狂热；既有海的柔情与精魂，又保持着河的豪放与血性；既有海的深沉底色，又保持着河的青春活力。

　　浩浩流成一部《诗经》的黄河，饱含着诗的"六义"的黄河之水，一旦注入黄海，激荡着长长的海岸线，便成为日照人的情感渊流，成为日照人的灵魂写意，成为伟岸的日照人能够世世代代岿然屹立在黄金海岸的精神依凭。

　　我自黄河来，身上依然弥漫着黄河的气息与风烟。伫立在日照海边，掬一捧荡漾在黄海里的黄河之水，仿佛他乡遇故人，有一种别样的亲切，有一种特别的感慨，我似乎有一肚子家乡话要对黄河说。

　　久久地站在日照的海边，凝视着广阔的金色海滩，望着晴空中的翩翩鸥影，和着海浪的喧嚣与波涛的起伏，千种情意，万端感慨，都化成了《诗经》里的句子：

　　　　　　　　燕燕于飞，下上其音。
　　　　　　　　之子于归，远送于南。
　　　　　　　　……

　　面对已经与黄海融为一体的黄河，我终于还是大声问道："黄河，您好吗？"

一朵一朵浪花，仿佛是从激情澎湃的黄海中跳出来的黄河之花，也以《诗经》里的句子回应我：

> 蒹葭苍苍，白露为霜。
> 所谓伊人，在水一方。
> ……

一样的语言，一样的乡音，一样的乡愁。

春雨一点一滴洒在黄土地上，一点一滴汇成涓流，汇成溪流，汇成河流。大河奔流，带着黄河人家的情义，带着黄河人家的希望，把黄河人家的心思送给了黄海，把黄河人家的希望送给了黄海。黄河，黄海，都秉承着炎黄的姓氏，繁荣于金瓯的一方。

我感谢博大的黄海，以无垠的胸怀，接纳黄河，温暖黄河。

我赞美古老的黄河，以勇毅的精神，融入黄海，壮大黄海。

黄河，黄海；黄海，黄河……

他不是混血儿，他是具有中华民族纯正血统的后裔。他是中华民族的诗与远方。

他是古老民族的现实与希望。

二

我怀着深情，久久地凝望着黄海，心底跳出来两个字：雄浑。

"雄浑"两个字像两朵硕大的浪花，盛开在黄海的波涛里，忽而聚合，忽而散开。聚合的时候，像一个巨人，立于潮头浪尖；散开的时候，像一群野马，奔跑在春天的原野上，在广阔的海疆撒欢。

是的，雄浑应该属于世界诸海，但我眼前的黄海却享有它自己的雄浑。我说的这种"它自己的"雄浑，绝非普通意义上的雄浑，也不是世界诸海所共有的那种人人所能见到的雄浑，而是诗一样的雄浑，那是其内在的深意。

说到雄浑，我们不能不提到唐代诗人司空图的《二十四诗品·雄浑》开头的八个字："大用外腓，真体内充"，这八个字就是"雄浑"的标识。以此标识遍观世界诸海，无不"大用外腓"，也就是说，皆有"浩大之用改变于外"，而唯独黄海像一位饱览诗书的学子，像一位一字见义的哲人，像一位"由真实之体充满于内"的端方的自然之神。也就是说，黄海不仅具有外观的壮阔，更秉持了雄浑的神骨。

为什么这么说呢？是不是有一点矫情？

不。因为黄海蕴含着黄河的古典诗意，荡漾着一个古老民族摇篮里的涛花，恣肆着黄河的个性和品格。黄河带着青藏高原粗粝的风，带着黄土地上细腻的感情，带着黄河人家最优秀的文化元素，带着华夏儿女的生命和灵魂。他不舍昼夜，奔赴黄海，把自己的禀赋和诗性与黄海的天趣与神性，融汇在中国东部，在世界的东方，开辟了一片汪洋，化成雄浑的诗魂，进而养成了日照人的性格、气质与胸怀。黄河，黄海，与日照人的情感志趣一起激荡，激荡着日照每一个瑰丽的早晨。

每一个早晨，黄海都会高举着一朵朵"河"与"海"合欢的浪花，迎接光辉灿烂的日照初光；每一个晚夕，黄河都会脱下金黄色的衣裳，披上一袭蓝色斗篷，燃一堆渔火，点一盏渔灯，一次又一次地平息海的狂潮，抚慰日照人忙碌了一天的心灵。

黄海是古老黄河圣洁的梦床，也是一位能够接纳远洋来风的主人。巨轮、汽艇、扁舟、木船、白帆，无论从哪里来，都是朋友。一朵又一朵海的浪花，杂糅着河的精魂，绽放在日照漫长的海岸线上，让日照拥有了近10万亩滩涂和百万亩水养面积，拥有了81个生产性泊位，近年还将新建6个泊位。这6个泊位对外启用后，日照港口岸正式对外开放泊位将增加至 87 个，设计年吞吐量增加至 3.48 亿吨。（这些数据每年都在刷新），给日照人带来无尽的财富。美丽的奥林匹克水上公园、海滨国家森林公园、万平口风景区、刘家湾赶海园，一个个人间乐园，处处铺满了鲜花，处处洒满了阳光，为日照人创造了无限欢乐和幸福。

在日照如烟如岚的晨曦中，当你感受到日照人拓龙渊、辟虾壤、耕渔田、种海花、收珠贝的喜悦，你才能感受和理解日照海的雄浑，理解日照海的意义之所在，理解历史演绎在齐鲁大地上的人物和故事。

这就是日照海"雄浑"的文化内核，是日照海"雄浑"的深度。

三

夜色中，星光下，我既看不到海波荡漾，也听不到海的声音。我想，大海也会睡去，那就让它静静地做美梦吧，海之梦，一定多彩；海之梦，一定很神秘。

这样想着，我感觉到无限温情，似乎自己也走进了海的梦中。有感于怀，徘徊在静静的海梦中，我为黄海填了一阕《捣练子》：

> 海静静，月朦朦，海息鸥眠细细风。
> 汽笛数声樯影近，一湾渔火蔚山东。

翌晨，我早早就来到海边，我想看看大海做"朝潮"，我想听大海述说神秘的"海之梦"。

太阳还没有睡醒。海是灰蓝色的，天也是灰蓝色的，空气中游荡着蒙蒙水雾，海还沉浸在梦中。

我在海边漫步，我在海边思考。我在思考黄河，我在思考黄海。渐渐地，我听到海面上窸窣有声，海似乎在翻身。海在骚动，海在絮絮梦语……

　　大海终于醒了。先是雾幕缓缓开启，隐约有一种欢快的声音，像是谁在吹箫，像是谁在试笛。

　　那是海鸥的欢声吗？啊！那是海的女儿的笑声……

　　先是点燃了一抹朝霞，朝霞渐燃渐酽，渺渺的海平线上便倏然推出来一点红、一线红、半月红、漫天红！海水也由暗蓝、浅蓝、淡蓝，渐渐变成了浅红、淡红、浓红，进而被大火煮成了深红。深红色的海，像深红色的血一样，荡着血色浪花，泛着血红色的海涛。那是一种血色的壮阔，那是一种血色的雄浑。不是凄美，是壮美，是远离海洋的人难得一见的壮丽辉煌。

　　大海托起的一轮红红的朝阳，很快就变成了一轮金色的太阳。

　　金色的太阳，金色的天空，金色的大海，金色的日照……

　　金色的海是日照人的生命之海，是日照人的精神之海。日照人深爱着属于自己的海，他们知道应该如何赞美自己的海，知道应该如何护卫自己的海，所以日照人选择耸立在海边的花岗岩巨石，在上面镌刻了"砥柱狂澜""星河影动""撼雪喷云""万斛明珠"……以赞美黄海，并将其称为"海上碑"。

　　雄伟的拦海大坝横亘在海上，像大力士，像天神，像霸主，背靠日照，目视远方，守卫着海上碑，守卫着海的和平与安宁。

　　在刚刚退潮的海滩上，在闪着一道道银光的晨风里，海的儿女们提着水桶，拿着小耙子、小铲子，开心地捡彩贝、拾蛤蜊。

　　一幅多么美丽的赶海图啊！

　　昨夜诗情未竟，早晨的赶海图又如此动人，我不能自已，又把全部感情化成一阕《永遇乐》，写给黄海，写给日照：

　　　　月色揉波，涛声唱晚，澜吻长岸。山水相招，岬湾顾盼，渔火微明栈。酒香涛雏，茶芬石臼，品竹洞天仙馔。桃花岛、风情烂漫，东鲁画卷书卷。

潮醒旭景，鸥起天际，帆影随心行远。膏壤如诗，陌华如篆，黍菽千千畎。人人有梦，家家罗绮，村社柳青莺啭。无非是、鱼缸米囷，桑园芷畹。

四

那天傍晚，我要走了，要回到我的黄河水雾中去了。

我依依不舍，一步三回头。

我终于没忍住，急急返身回到白练涌动的海滩，俯身在浪花砰訇的礁石上。拥别黄海，拥别日照。

海风长吹，海水渺渺；水雾蒙蒙，海天辽阔。

一轮明月升起。

远远地，有人在海边踏歌：

　　　海上生明月，天涯共此时……

梦断嵛山

一

嵛山，又叫嵛山岛，泊在东海边。

东海宛若一匹蓝绸，嵛山岛恰似缀在蓝绸上的一枚碧螺。

四月初，夏尚浅。淡淡的水雾，凉凉的风，裹挟着嵛山岛。那是一个有生命的岛，是一个有灵性的岛，是东海水滋养的一个岛。它优美、秀丽、轻盈、灵动，像一个"旖旎仙花解语，轻盈春柳能眠"的豆蔻女孩，浅笑盈盈，坐在东海的波涛上掐浪花，掐一朵，扔回海里，再掐一朵，再扔回海里，恰如仙女散花，于是，东海便成了一个海浪的花园。那是一个散发着海香的花园，有一点咸，但总归是甜的。

那天晚上，我在美丽的嵛山岛度过了一个初夏之夜。

时间是四月初八，恰是释家的浴佛节。我满心希望能看到东海之上有明月浴海而出，即使没有满月，能有一弯眉一样的新月，也会带给人无限欢悦。然而，夜色蒙蒙。凭栏既久，却只见近处是山，远处是海，山海之间，都是渔火微茫。

嵛山岛就像点了许多盏渔灯颠簸在大海中的一只小船，船头船尾飞溅着洁白的浪花，正悠悠然驶向远方。

　　海鸟已经睡了。东海在夜色中努力把一条又一条白练推到沙滩上，然后就像完成了神圣的使命，又悄然退回到海的深处，洁白的浪花也顿然消失在海滩上。

　　此刻的嵛山，静悄悄地立在东海之滨，又恰似一位静观东海的女神，伫立在幽柔的夜色里，淑娴而安静。如果有明月相照，该是一幅多么柔美的海边风情画啊！然而，天气却让我失望了。水雾蒙蒙，没有天光，也没有月色。我只好沮丧地回到青草与山花围绕着的小木屋，打开前窗和后窗，让淡淡的草香、郁郁的花香，充满小木屋，催我入梦。

　　海边的梦，应该是蓝色的吧？

　　或许，是一个神秘的梦也未可知。

二

　　说来真是神奇，我还未曾感到十分困乏，头刚刚触到枕头，海就用它轻轻的气息把我送入了梦乡。

　　连梦都是蓝色的，而且是一个接一个。一个梦就像一个窗口，一个窗口就是一幅蓝色的油画。一幅幅蓝色的油画让人振奋，让人感觉异常神秘。梦中所游，依然是白天登过的太姥山。虽然梦境如幻景，也还依然是白天的印象。

　　青草茏了的曲径，云雾萦绕的柳杉，绿荫浓蔽的香樟，枝叶密实的竹林，向幽深的山涧急急奔去的溪流，绿波荡漾的湖泊。云影徘徊，一只孤单的小金龟游弋在碧水盈盈的湖面上。绕湖都是花岗岩栏杆，凭栏有时，我问那只形单影只的小灵龟：“你不觉得孤独吗？”小家伙不理我，只是把脖子梗了梗，眼睛定定地望着远方。我忽然觉得，远方是不是有小金龟向往的梦或者诗呢？

　　顺着小金龟极目的方向，我望过去，只见远处是一座孤峰，上面有一座孤单的楞迦宝塔。

宝塔始建于大唐，八角形，七级高，倒也平常，只是实心塔身为国内罕见。望着楞迦宝塔，我忽然明白了。古人说："德不孤，必有邻。"孤塔、孤峰、孤龟，众孤相伴，以德相酬，友情必能穿越千古，更何况还有香烟氤氲的国兴寺相伴呢。

国兴寺虽然只是部分残存，但规模依然庞大。大雄宝殿前有碧湖一汪，湖边草地上斜躺着多根八棱花岗岩大石柱，像多位古代的壮士，在风雨中枕藉而卧，真是"笛里谁知壮士心"。还有几根石柱，说什么也不肯倒下，带着历史的创伤，傲傲然直插苍穹。那些石柱也有过自己的辉煌，它们也曾经做过亭台楼榭的梁柱。然而，当年的光辉已经不再，如今只能无可奈何地"横尸"荒野。

站在那一根根横斜无序的石柱前，我很难想象，古人是如何凿取那么巨大的石料的？又是如何把那么粗粝的石料雕琢成如此动人心魄的石柱的？又用什么样的工具把那硕大的石柱运到了这里？今天，如果有人想扶一根石柱起来，倘若不用吊车，即使百十个人也很难挪动它。我暗暗问这些石柱："石柱啊石柱，你们还能站起来吗？"

石柱无言。我想，这么多石柱，如果能一根一根站起来，站成原来傲然于世的模样，那是一种怎样的奇观。

三

国兴寺与楞迦塔、太姥雕像，相邻立在太姥山深处。

太姥山，原名太母山，也叫才山。传说尧时，有老母在山中种蓝，逢道士而羽化仙逝，故以"太母"名之，后改为"太姥"。

然而，登太姥山拜太姥，未见太姥难免让人惆怅。楞迦塔下的小路上，走过来一位僧衣飘飘的和尚。我双手合十问道："尊敬的上人，你

知道太姥在哪吗？"和尚没有说话，直指大山深处，意思是说太姥种蓝
去了。太姥种蓝也种茶，也许是在哪个山岭上经营她的茶园呢，"只在
此山中，云深不知处"。夕阳西下，倦鸟还林。国兴寺的和尚们已经燃
了晚香，趺坐唪经。钟磬悠扬，绕过竹林，浮在柔波细细的湖面上，悲
天悯人。在夕照里，听那哀戚的诵经声，遥望着山头上那一对石头夫
妻，难免心生感慨。感慨之余，我便趴在佛殿的台阶上写下一首五律
《辛丑初夏访太姥不遇》：

> 山青怜水绿，路远许花黄。
>
> 林倦忘归鸟，云残恋夕阳。
>
> 清钟随皓月，老尼漫焚香。
>
> 太姥种蓝去，诗成夜未央。

吟咏罢，我仰头望望明月，继续我的太姥山寻幽。石奇、峰险、洞
趣、雾幻……堆翠的山，揽云的峰……一步一景，一峰一象，真不愧
"海上仙都"！既是仙都，就谁也说不清其间隐藏着多少仙踪，潜传着多
少神话。神话是山与峰的生命与精魂，如果没有神话，没有故事，峰峦
也仅仅只是一堆石头。有了神话和故事，山才有灵气，峰才有神骨，山
峰才有生命和灵魂。冈峦遥列，峰回路转。绿荫森森中，我终于见到了
太姥。高大的塑像面对大海，襟抱洒然，态度风流，标举着大山的风
貌，秉持着大海的精神，太姥不老。太姥曾是一位勤劳的村姑，因为种
蓝，人们便叫她蓝姑。我对着太姥折腰致敬，也轻轻叫了一声"蓝姑"，
蓝姑就笑了。她笑着从高台上走下来，引我去看蓝。一垅一垅的蓝，一
亩一亩的蓝，山山岭岭都是蓝。蓝蓝的天，蓝蓝的福鼎，蓝蓝的闽东。
有感蓝姑种蓝，我填了一阕《水龙吟·谒太姥》：

嵯峨雄秀齐云表，岩岫雾缠岚绕。仙姿神韵，龙蟠凤矗，猿啼虎啸。把酒临风，月明皓皓，海风浩浩。有雁荡南望，武夷东顾，鼎三足，平三岛。

筑圃种蓝仙姥，凭谁吟，风神月貌。香薰万法，芬醒真如，慈襟懿藻。芬漾蓼蓝，透香茶白，海山相照。尔来揖太姥，潇潇风雨，故园情调。

四

蓝姑对我说，"蓝"并不单单叫"蓝"，原本叫"蓼蓝"，是一种茎叶饱含蓝汁的野草，经人工栽培，可以做蓝色染料，也可入药。我对蓝姑说，我知道蓝，是母亲告诉我的。从"蓝"中提取的染料叫"靛青"，提取的过程叫"打蓝"，不打不成蓝。我曾写过一篇散文《母亲蓝》，述说母亲如何用靛青染成蓝布，夏天给孩子们缝短裤，冬天给孩子们缝棉袄。我们一年四季都穿蓝，邻居管我们叫"蓝娃"。"蓝娃"——我的童年，"蓝色"——我童年的记忆。柔美的蓝，和平的蓝。母亲的蓝，太姥的蓝……听我这么说，蓝姑似乎就泪水潸然了。是激动吗？是感慨吗？是欣慰吗？蓝姑又笑了，扬一扬手，便招来一阵清风。我知道，那是尧风，是南风，"南风之薰兮，可以解吾民之愠兮"。南风漾漾，轻轻拂过我的头，那是蓝姑的爱抚。蓝姑爱抚孩子，爱抚天下。因了这旷古的爱抚，我感动得号啕大哭……白发萧散，我居然在东海边的梦中哭醒了。时正夜半，我已经毫无睡意。从床上爬起来，掀起竹篾窗帘，向小木屋外面张望。万籁俱寂，连一声虫鸣都没有，非常平静，平静得就好像将要有一场暴风雨来临。将雨未雨的夜，其实并不平静……我重新躺下，虽然依旧没有睡意，但我非常想重新入梦。只有在梦中，我才可以与蓝姑对话，只有与蓝姑对话，才可以启迪我的智慧，触动我的灵感。迷迷糊糊中，蓝姑果然来了。蓝姑头戴的斗笠还滴着雨水，她把带着泥土的锄头放在小木屋门口，叫我跟她去茶山看白茶园。我对蓝姑说："白天我已经去过茶山看过白茶园了。"蓝姑一下子就严肃起来，对我说："你以为去了一次白茶园，你就采到了你所要的'风'了吗？你以为去了一次白茶园，你就理解白茶园了吗？你以为粗略地转一次白茶园，你就能写出一篇关于茶的好文章了吗？"蓝姑说得我张口结舌。看我尴尬，蓝姑又笑了。蓝姑笑着说："我只是希望你把感情倾注给茶山，把心交给茶山，心与福鼎共寒暑，心与茶山共日月。只要如此，你即便写不出天地文章，也不至于文字拙劣。不然，别说你这样一位远方来客，即使久居茶山的老茶人，也不敢说自己就读懂了茶山，理解了福鼎。他们天天种茶，采茶，喝茶，品茶，侍弄茶，摆弄茶，研究茶，把自己的心完全操在茶树上，尚难探其幽微、识其妙理、摘其天趣。所以他们聘请了专家、学者和教授，帮他们探究茶的玄奥。你一阵风似的，轻轻飘过，浮光掠影，你能理解茶山吗？你能读懂茶山的千万分之一吗？"

说到这，蓝姑又缓了口气说："你既然是作家，是诗人，那你应该知道的比我多，见识的也比我多。但我还想问问你，你知道这每一座茶山、每一棵茶树、每一片茶叶、每一朵茶花，都是有生命、有灵魂、有思想、有感情的吗？你想过与它们对话吗？你能与它们进行心灵的交流吗？你能与茶树一起话春秋、话秦汉、话唐宋吗？你肯定不能。不管知识多么丰富，你肯定不能够与茶山对话。尽管你一生都爱喝茶，但你没有能从每一滴茶水中品味到茶的品行与气质的能力。你与茶山、茶树没有共同的生命意识，你与茶山、茶树的灵魂无法相融。就说太姥山种植的福鼎白茶吧，它有灵性，也有神性，不但好饮，还能养生，人们说它是'一年茶，三年药，七年宝'。福鼎白茶为什么能饮誉海内外？太姥山的山势、石头、土壤、空气、海风、山风、山岚、海雾、云、霞、光，以及雨水、泉水、溪流、气温，地上的竹林、花草与香樟、柳杉，池里的乌龟与金鱼，寺庙里的香火与晨钟暮鼓等，对茶树的生长，对茶的品质，都有哪些影响？我自唐尧以来，就在这山上山下侍弄茶树，到如今我都不敢说自己弄明白了。你仅仅去茶园转了转，就敢说自己考察过茶山了吗？……"

我无言以对，只悄声跟了蓝姑，再登茶山。

五

白茶园有一个象征性的山门，门楣上是诗人汤养宗先生书写的"天池龙泉"，字体儒雅、古朴，浸润着初绿的茶风，带着茶山的风姿与飘逸。

进入山门，那么多侍茶姑娘，我一时分不清谁是蓝姑，谁是茶姑了。但见洁白的裙裾飘飘，像云，又像风。每一位茶姑都像仙女，都是蓝姑的后继，奔波在蓝姑曾经奔波的山路上，继续着蓝姑的事业。坐在茶树环抱的茶场，品大荒茶，做大荒梦，"梦里不知身是客"。喝茶，品茶，论茶，说茶，居然到了醉茶的境界。世人皆道酒能醉人，我这才发现茶也能醉人。醉茶的状态与醉酒大不同，不是飘飘然，昏头昏脑，而是悠悠然，神清气爽。荒野，老树，茶园，茶山，白毫，银针，太姥白，绿雪芽……醉了，醉了，我真是醉了。我不知道该怎样才能亲近白茶树，识得白茶树的真谛，我也不知道该怎样准确表达出我对白茶树的感觉，只好写了一首五绝《致茶山》：

天池凹石上，树下绕龙泉。

把盏云来去，同君共悠然。

　　每一位作家、诗人都认养了一棵白茶树，我在一个小小的木牌上签了我的名字，留下了一首七绝《题福鼎大荒老树白茶》：

　　　　老树白茶宜大荒，云濡雾润莽苍苍。
　　　　香茶一盏歆天地，福鼎山高水也长。

　　我把小木牌恭恭敬敬地挂在白茶树枝头，我想，从此之后它就是"我的白茶树"了。在我生命的旅途中，在我的情感世界里，它便与我的命运交织在一起。想到此，我又激动了，就给"我的白茶树"起了个名字：坤元白茶树。"坤元"是我的本名，因为是父母给我起的名字，我轻易不让他人称呼。今天我慷慨地分享给了"我的白茶树"，表明我已经和它谊如兄弟、情同手足了。《周易》曰："至哉坤元，万物资生，乃顺承天。坤厚载物，德合无疆。含弘光大，品物咸亨。""地势坤，君子以厚德载物。""坤厚载物，德合无疆"一直是我的座右铭，现在分享给"我的白茶树"，是我对这片大荒茶山的希望与祝福。将要离开白茶山，难免回头相望。因为分别，"我的白茶树"也动了感情，每一条茶树枝、每一片茶树叶，都在抖动，都在对我"招手"。我立即转身回去，扑向"我的白茶树"，我告诉白茶树，我会回来的。即使"道阻且长"，我也会遣一缕魂魄归来，守着茶山，守着"我的白茶树"，守着太姥山的明月清风。

六

　　白鹇矫翼，黄鸟啭鸣。蓝姑掮了锄头，扤了茶篮，走出了我的梦，走进了太姥山深处。蓝姑给福鼎留下的不仅是神话传说，也不仅是民间故事，她给福鼎人留下了一座神奇的太姥山，留下了无尽的物质财富和精神财富。太姥山是闽东一鼎。是福鼎，是永远的福，是永远的鼎。蓝姑又去开辟蓝圃茶园了，蓝姑又去栽蓼蓝种白茶了。我从蓼蓝垄中穿过，我从白茶树丛林中穿过，抱一抱蓼蓝的清凉，掬一掬白茶的芳馥，我从梦中醒来。小木屋外，晨雨如酥。昨晚没有看到海上明月，早晨也没有看到海上日出，但我并不遗憾，因为我在嵛山做了一个蓝色的梦。

　　即将惜别嵛山了，海轮已在催促。回望嵛山，渔村被山崖半遮半掩，海湾中泊着点点渔舟。相聚三日的文朋诗侣，纷纷与嵛山揖别，蒙蒙细雨中，都在频频挥手。我以一阕《一剪梅·别嵛山》，祝福嵛山，祝福朋友：

　　　　山海金兰相契俦，山任鸟鸣，海任鱼游。海花无不恋山丘，半个渔村，一片渔舟。
　　　　夜宿嵛山梦断愁，木屋沉沉，竹树幽幽。平明揖别不羁舟，风雨漫天，一路清流。

谒圆明园

　　大约是秋末，我在鲁迅文学院学习，同窗约我去圆明园，我答应了。那一夜，隔着绕了爬山虎的窗子，望着徘徊在云间的明月，我怎么也不能入睡。

　　对于圆明园，我从不敢说"游"。尽管它仍然叫"园"，也仍然保持着"园"的地位与声名，但它已经没有了"园"的姿色。世界上无论哪个园，所保存与呈现的差不多都是人类的文明，唯独圆明园让人所见的是人类的野蛮、残忍和耻辱。我到圆明园去不是游览，不是欣赏，也不是消闲，既不是乘兴而去，也不是兴尽而还。去任何一个园归来，我都是一种愉悦的，一种尽日的繁杂与劳顿消散后的轻松的心情，而从圆明园归来，我仅有的却是一种无法摆脱的沉重。

　　从十里堡乘车，去朝拜我梦中的圣殿。将到圆明园下了车，我的情绪就陡然变了。一步步行来，我像是走向一处荒芜的墓地。那荒芜的墓地里埋葬的不是别人，似乎正是我的父母兄长。即使过了许多年，心情还是异样的沉重。想写点什么，又一直没敢写。我感觉他伤得太重，不想轻易去碰他的伤痕。我怕他疼。

　　然而等我决心要写一写他的时候，岁月却已经遗落了十数春秋。路怎么走，水怎么绕，桥怎么过，我差不多都已经淡忘了。不过，也有忘不了的，就是那路旁的大杨树与湖畔的小花草。已经是秋末了，湖畔却还开放着那么多的小花草，紫色的最多，间或也有红的、蓝的，虽不像春天的花儿大朵大朵地开，却也是尽其全力。还有就是那秋色斑斓的杨树叶子，在飒飒的秋风中瑟瑟地响，仿佛在低声歌唱或是吟诗。像悲歌，也像颂歌；像赞美诗，也像挽诗。为了谁呢？悲怆为了谁？欢欣又为了谁呢？

其实，最使我忘不了的是那些石头。直立着的，横躺着的，仰卧着的，斜倚着的，像一块块骨头，像一条条脊柱，依然散发着凛然的豪气，散发着千古不息的光芒。穿行在那一块块石头之间，或依偎在那一条条"脊柱"旁边，我总能听到一种声音。不是箫声，也非天籁，却那么的动人心魄。像石头与石头在撞击，像骨关节在活动时发出"咯吧咯吧"的声响。多种声音汇在一起，像江河滔滔，像风走松林。在那声音的洪流中，我十分细心又十分小心地分辨过，我想听听哪一种声音像母亲低声的哀怨与叹息。然而竟没有。完全是母亲随了我的父兄，挥着拳头，在奔走，在呼号，在呐喊。轰然而响的像是雷声，像是春天的雷声沿着大地迅急地滚过。历史走过了一百多年，那声音就足足地回响了一百多年。那是母亲与父兄的声音汇在一起，是皇天与厚土的声音汇在一起，是人类与大自然的声音汇在一起……那才是真正的同仇敌忾！那才是真正的气壮山河！

不管放火的人有多么残忍，然而，烧得了圆明园，却烧不了中华民族的骨头！可以掳掠走我们的财富，却掳掠不了中国人民那一腔豪气。只要有骨头在，只要有那一腔豪气在，我们就不会倒下，我们就还可以创造——我们这个民族本来就是一个富有创造性的民族啊！

多少年来，我总是对圆明园魂牵梦萦。风雨之中，明月之下，或踏着青霜，或披着白露，我的心，我的魂灵儿，时时在那石头之间穿行。那时节，我是与赵青两人同时去的，而后在许多回的梦境之中，却总是我一个人在那云板与石头间踽踽独行。面对那高高的云板与那长长的勒脚，不是检阅，而是感受；不是感受那份孤独，而是感受一块块石头所蕴含的那种灵性，那种品质，感受那一条条"脊柱"所秉持的气概、精神。目睹那一块块石头，我才真正感到，经过血与火的洗礼，圆明园留给我们的不仅仅是屈辱，也不仅仅是悲愤。只有在那一块块石头之间走一走，我才真正体会到什么是人世间的崇高与神圣，我才真正懂得什么是一个民族的伟大与坚韧，我才深深地懂得，一个民族的顽强与坚韧能够达到怎样的高峰！

这就是圆明园，中国的圆明园，我心中的圆明园。

冷风凄凄，微雨打湿了的石头却更加晶润。涓涓细流绕着勒脚在披拂的枯黄草叶下流淌，在那石头与石头之间，雨水积成的小泊池像一面面小镜子，在反看天空中的阴云徘徊。委于泥地上的花草有水珠儿在滴滴下落，我以为那是那些花儿在秋风中为谁饮泣，当我俯首下去看时，却见那些饮泣的花花草草原来并不是在为他人伤怀，它们对谁也没有那点情分，它们只是在自怨自艾，慨叹自己红颜薄命。那些表面看上去五颜六色的花儿，像花，却是恶之花；像肉，却是糜烂之肉。腐朽的气味弥漫在空气中，让人感到一阵阵恶心。不管别人的感觉如何，它们似乎还在高兴、在淫笑，在庆幸自己是与圆明园那一块块石头一起倒下去的。然而，它们错了。它们竟然不明白，它们是可以糜烂的，它们已经完全腐臭了。

难怪呀，难怪那大杨树，那小花草，在唱着悲歌，在吟挽诗呢……

而那些石头却是永远也不会腐烂的。不管风雨怎样地剥蚀，不管世事怎样地变迁，不管几经艰险几经劫难，那石头与那石头上的龙凤纹饰，只会愈来愈光华夺目。

这就是那大杨树要唱颂歌的缘故，这就是那些小花草要吟赞美诗的缘故……

没有别的，就只有那么一条条烧不断、压不弯的"脊柱"，就只有那种骨气，那种品质，那种精神！

那直立着的，斜倚着的，仰卧着的；那仿佛捎着锄头的，横着大刀的，扛着枪炮的，握着如椽大笔的……在他们身上，都有龙凤纹饰做标记。中华民族的志士仁人，从日边走来，从云域走来，从乡间的黄土地上走来。在那有着龙凤纹饰的大石柱下面，正是精英的集合，是伟大灵魂的聚会！

圆明园，民族的精神家园！人类的精神家园！

在圆明园依着那岿然直立的石柱时，我的同窗赵青给我照了一张相。他说我穿的衣服和我的肤色与那石头真的就没有多少区别，简直分不清哪儿是石头哪儿是我，说我整个儿就是一块石头。我听了，激动得泪水差不多都要涌出来了。

风雨下川行

　　我早就想去拜谒下川文化遗址，追寻 23000 年前人类活动的痕迹，瞻仰人类的祖先在旧石器时代晚期的风采。

　　下川在沁水县西 70 公里处的历山脚下。历山巍巍，传说是舜的发迹地。

　　在去下川文化遗址之前，一路上先看了白云洞、啸天洞、西峡，登了历山。一路风光，不光喂饱了眼睛，也在我心中积下了一团浓浓的人类文化烟云。尽管如此，却都不足以消解我对人类原始文化追寻的饥渴。我恨不得一步就踏上下川人曾经生存过的土地，拜倒在那厚厚的黄土地上，让自己的灵魂经受一次远古风雨的洗涤，让自己的心灵感受一次人类原始文化的熏陶。

　　下川文化遗址在下川村西南不远处的一个斜坡上。因为不停地下雨，村子显得过于雅静。偶有鸡鸣，就更显得山野的空旷幽深。天阴得很重，几天的连绵雨水，加上周围的山高林密，连空气也是湿漉漉的清新。清新中又夹有野草的气味，猛地吸一口，就让人百感丛生。踏着印有古人类脚印的泥泞小径，每走出一步，就会在我的心上加一份莫名的沉重，仿佛自己渐渐离开现在的时空，一步步走向远古，走向洪荒。

　　早在 23000 多年前，历山下就生活着一群人，考古学家把他们叫作"下川人"。他们活动的范围大致限于中条山东端，他们在下川遗留下的石器最为丰富，也最为典型。考古工作者曾经在厚约一米的灰褐色亚黏土层中获得了一些细石器，有些种类为我国其他细石器遗址中少见。

缘地层关系，石器内涵构成一个较为完整的体系。被称为"下川文化"的时代，大体相当于山顶洞人时代。而更为丰富且比较典型的下川文化，可以填补山顶洞人文化中石器不足的缺陷，为我国北方地区旧石器时代晚期后一阶段石器文化的代表，经碳－14法测定，距今已有23000年~16000年的历史。下川文化的石器分两大类：一类为粗大石器，以砂石、石英岩、脉石英为原料，占石器品种的4.7%；一类为细石器，主要以燧石为原料，是下川文化的主体。细石器为下川文化最具代表性的器物。它包括典型的细石核和细石叶，形状如指甲盖一样的圆头刮削器、石核式刮削器、雕刻器、琢背小刀，以及各种尖削器、锥钻、石箭头等。下川细石器年代早，类型多，特点明显，加之地层清楚，对于探索与之相同技术传统和分布于我国其他地区及蒙古、俄罗斯、朝鲜、日本、美国阿拉斯加等地细石器的起源和演化，具有重要意义。

以细石器为主要特征的下川文化，填补了我国旧石器文化的一段空白。这就显得下川文化弥足珍贵。即使在梦中我也不会想到，在我们晋城这个小窝窝里，居然藏有旷世的财富。因此，我十分感激县文化馆首先发现细石器的那位吕辑书先生，要不是他把一颗心牢牢地拴在由文化搓成的那条绳子上，忍着难耐的寂寞与清苦在风雨难测的荒野上默默耕耘，那一段人类文化不知仍要在缥缈的历史风尘中零落多少凄凉岁月，或许永难钩沉。那么，在人类历史上留下的那段空白，让人一想，就不光是觉得遗憾了。

雨在不住地下着，脚下的泥泞发出一种令人感到艰难与苦涩的响声。此时的我也仿佛是一个已经情绪化了的原始人，身披树叶，扛着大块的燧石，捎着那么一点微弱的人类文化的火星，在茫茫无尽的凄风苦雨中，就像捐着自己灵魂的火炬，照耀着也温暖着自己的心灵，努力支撑着自己那在大自然种种强力的打击下，随时都有可能泯没的生命。

也与丁村文化、仰韶文化一样，你可千万别以为那里呈现出来的下川文化有多么的繁荣辉煌，或者博大古奥。那样想是会令人失望的。我在走向下川之前就是那么想象的。但临到下川文化遗址时，除了一块上边刻着"下川文化遗址"字样的大理石石碑不避风雨地横卧在野地之外，便只有茫茫苍苍的雨，时断时续的风，以及那沉沉的厚土和在田地里静静地吮吸着雨露的庄稼。既无舍堂斋馆，也无断瓦残砖。四处观望，不见只字。一切都是那么平常，平平常常。你不由会疑云顿生：莫非蜚声20世纪下半叶的下川文化是好事者的臆测，是闲人的杜撰？

我小心地调整着自己的思路和情绪，我怕那空旷与虚无动摇了我的虔诚与信念，摧毁了我心中对文化渊源追寻时所涵有的神圣与崇高。当然，后来才知道，我的提心吊胆完全是一种无知与浅薄。沁水县文化馆馆长李继红先生告诉我们，能代表下川文化的就是那些乌黑的燧石片，有成石器的，有不成石器的，统统散落在那深厚的黄土中，历万千年之遥，经沧海桑田之变。它们不可能都裸露在地面上，但地面上是绝对能够找得到的，问题是需要你细心且耐心找，不但能找到石器，而且还能同时得到一份与石器同样珍贵的回报。

是的，我明白了。我明白了那个寻找过程的重要性。要是那里有个现成的文化殿堂，锃亮的玻璃框中陈列着各种各样的石器，你是不需要费那么大的劲就可以看到的。

但你一眼过去就可以饱览之后，除了慨叹，我不知道你还能有多少收获，你还能不能拥有李先生所言的那份珍贵的回报。你既无法深刻体验人类生命的旷远与持久，也不可能透彻地领略人类文化的源远与流长。

既然明白了过程的重要性，我就认真地全身心地投入寻觅古人类文化痕迹的过程之中。

　　按常理，文化遗址是不可以让人随便进入的，更不允许人随便捡拾碎片，但下川文化遗址有小片区域却对我们这些市发展文化研究会的人员开放，允许我们寻找遗痕，并希望我们能发现文化碎片，以作进一步研究。

　　在这片黄土地上，我弓着腰，头几乎触到田垄的泥土，就像老农在寻找他遗落在泥土中的一颗唯一的种子那样。我没有顾及暮色将临，也没有因为历史长河的流变而被推向绝望的深渊。我那么费力地弯着腰向前行进，仿佛要钻过一条时间的隧道，一条间隔23000年的隧道，去寻找生命的本质。在晚霞的笼罩下，我终于找到了，一片、两片、三片……哦，我居然找到了一大把燧石碎片。当我兴致勃勃地拿去让老李看时，老李很认真地翻检着。我有些忐忑，心说："老李，你可千万莫否定我捡的这些东西啊，你不能以你拥有的考古经验的冷峻扑灭我心中那团炽热的圣火。"老李从我手里捡起几块石片说："这是石头，且还不是古人类用来打造石器的石头。"说着，他就把那些小石头扔了。我那悬在半空中的心，也随着那石头在凄风中划过一道淡淡的弧影，落在了远处。我当时真的对老李有些不满，我真想大声嚷嚷着要他去给我把那石头，不，把那"文化"捡回来。不过，老李很诚恳地指指我手中剩的那几片小石片说："这些石片尽管不是石器，但也还算是古人类打造石器时落下来的碎石片。"经老李这么一说，同行的一个个也都为我高兴起来。太原日报社那么深沉的一个老牛，竟然绽出了孩子般天真的笑，笑着看看我，看看我手里的石片，一边还不住地咂咂嘴说："也算，即便捡到一把文化碎片也算。"

　　看我神情有些儿贪馋，李馆长就说："我刚才捡到一个石器，送给你作研究吧。"

　　说着，他把那小小的石器珍重地放在了我摊开的手掌上，并对我说，那是个小小的刮削器。

那个刮削器只有大拇指肚那样大小，粗粗看上去，也与我所捡的石片差不了多少。说它就是石器，那差别又在哪里呢？

老李又指着那石器对我说："说你捡的那些是石片而不是石器，是因为你捡的那些石片上没有打磨的痕迹。你看……"

我看到了，那石器上尽管沾着泥土，泥土却并未能遮住它的细腻与光润。它的一边呈直线形，其余边呈圆形，像只小小的黑龟。圆的周遭有着非常明显的打磨痕迹，一点一点地，似凿子凿出来的一样，且又用什么器具或如锉子之类的吧，轻轻地锉过一般。是什么样的凿子呢？是什么样的锉子呢？那个时代，除了石头，哪里还能有比石头更硬的东西呢？那么，既然没有更硬的东西可以作工具，那又是如何打磨石器的呢？如此奇迹，令几位女士大为动容。治中先生则感慨万端，说，多年之后，如因岁月风尘隔离而认不出友人面貌、记不起如烟往事的时候，只要一见那乌黑锃亮、莹润细腻的燧石在祖先手中所打磨成的石器，肯定会唤醒我们沉眠的记忆……

山村的夜是那么沉寂，耳边听到的只有一小阵一小阵潇潇的雨声，以及瑟瑟的风走过山间松林发出的隐隐的涛声。站在历山自然保护区招待所二楼的走廊上，扶栏远眺，黑黢黢的山影下，下川文化遗址那块大理石石碑犹如一道白光，在努力穿透浓重的夜色与雨幕向我投射过来。那"白光"尽管显得那么微弱，那么遥远，但我却感到它在不顾一切地穿透，再穿透，穿透雨雾蒙蒙的夜色与漫长的 23000 年，来照亮我的生命与灵魂。我心头不由自主地涌上来那气象恢宏的词：

　　人猿相揖别。

　　只几个石头磨过，小儿时节。

　　……

　　在反复吟咏之际，我眼前的自然存在与历史存在就渐渐地统一起来。我仿佛触摸到古人类的生命状态与生活状态，感受到那块黄土地上荡着的生命力无尽的律动与节奏。

　　是的，没有那几块燧石的一束光照，便不会有后来风光旖旎、绵绵不绝的文化长廊："仰则观象于天，俯则观法于地。""鸿雁于飞，肃肃其羽。""乘鄂渚而反顾兮，欸秋冬之绪风。"……以及我们汪洋的现代文明。古人类文化既然是一种有待诠释的奇迹，此时此刻，任何言语都不足以表达我内心的情感。我只能通过那燧石的光润和温热与古人遥遥对话，在潇潇的夜雨声中，只求得心灵的沟通与情绪的通感。到此，尽管处于冷雨与夜色的笼罩之下，但只要触摸到那燧石的某一个棱角，我心中都会有一种慰藉与温暖。

　　透过雨幕，传过来的是与下川文化遗址相向而坐的下川学校晚自习下堂的钟声。一声，又一声，厚重而清晰，绵长而悠远……

尚 庄 玉

一

尚庄是一个小山村，历史将它遗落在山西与河南两省中间的大山里，村上人说话都是晋城腔，夹带着浓浓的济源味儿。

尚庄很小，像是开在大山里的一朵小小的苔花，容易被人忽视，容易被人遗忘。很少有人知道它，也很少有人记得它。它只是凭着山的顽强与水的柔韧，日复一日，山自在青，水自在蓝，鸟自在鸣，花自在开，五谷自在丰登。

尚庄的天特别蓝，尤其是夜空，蓝得纯净、清澈，星星像刚刚充了电，又明又亮。北斗七星、南斗六星、牛郎星、织女星……不知道那些老人们怎么就认识那么多星，他们指给孩子们看，给孩子们讲星星的故事。似乎每一颗星都有一个故事，又都是老掉牙的故事。然而，在孩子们听来，却永远那么新鲜，永远那么有趣。

我知道的尚庄，山都是石头，沟也都是石头。然而，姜珺却告诉我，尚庄的山上是玉，沟里也是玉。尚庄人把玉从山上搬下来，垒房子、垒灶台、垒牛圈，把村里弯弯的小路用玉铺过，祖祖辈辈在玉垒的小屋里享尽人间烟火，在玉铺的小路上走完人生。听姜珺如此说，我很惊讶，我只知道山西曾经有"屈产之乘""垂棘之璧"，却不知道有"尚庄玉"。

于是，我决定去尚庄看看那铺天盖地的"尚庄玉"。

二

我去尚庄那天，天正下雨。因为心中已有尚庄玉的概念，尚庄的雨便也不同了。尚庄的雨色是玉色，尚庄的雨香是玉香，尚庄的雨声清越似玉声。带着玉色、玉香、玉声的尚庄雨，春天浅浅的绿，夏天是宝蓝色的，秋天多彩，冬天雨雪蒙蒙，山河俨然，尚庄人在洁白的雪夜里做属于自己的山河梦。

我们去尚庄的时候正是秋天，满山黄栌、丹枫、柿子、红果，都像醉了酒一样，把一场秋雨也醉了个色彩缤纷。我是个特别喜欢雨的人，我真想抱一抱浸润了尚庄雨的尚庄玉，为自己的书屋做一品"玉供"或者"雨供"。

撑了雨伞，我要去看尚庄玉垒的老屋。小路弯弯，虽然只有一脚宽窄，却都是用石头铺过的。姜珺说："你错了，小路上铺的不是石头，是玉。"姜珺是记者，是诗人，他见识广博，我便相信我们脚下踩的就是"玉"。未经玉工雕凿过的"玉"浸润了雨，无论大小都是青幽幽、蓝幽幽的，周围都生长着一圈一圈的莎草、马兰、车前子、蒲公英，像一面面镶了翡翠边的小镜子，或有娇弱的蓝冰冰花把头垂在"镜子"上顾影自怜，或有小小的黄色雏菊斜着身子在临水自照。天光云影在水光玉影中徘徊，我不由得蹲下去轻轻抚摸那铺路的"玉"，清润、温滑，真的是光可鉴人。

拐个弯儿，再拐个弯儿，上几回圪台，就像是踏着皇宫里的玉墀，便可以看到尚庄人用"玉"垒的老房子。

一座又一座老屋，像一座又一座旧城堡，因为从根基到屋顶都是用大块的"玉"垒起来的，所以看上去稳重而结实。老院子荒芜已久，空空的屋子也久无人居。小树亭亭，老树横生，曼陀罗、蜀葵、小燕麦、二丑，在老旧的院子里自在地开花、结果。石拉秧在雨中越发显得强悍，爬上屋顶，又流苏似的垂到窗口，恰似旧时帘栊。旧年的梦已经散成带雨的云气，在屋檐下四处飘移。屋后青山，时有一两声悠扬而清畅的鹧鸪啼，勾起人种种怀旧情绪，仿佛屋子里有老母亲煮粥的身影。我用情抚摸着那墙、那门、那窗，我不再相信老屋的墙壁是用石头垒的。然而，纵然是石头又如何？被雨水浸润得湿漉漉的屋墙，一色墨绿的粗犷的斧痕凿印，分明能见得着前人的艰难和困顿、心思和情感、希望和梦想。

姜珺说，如果把老屋建成农家乐，一定会招来闲人、贤人、诗人、文人、有钱人和老年人在此小住，体验山居生活的清闲以及山村文化的魅力。

三

循着蜿蜒山径，我走向了村子连接着的深谷。

山谷中偶有人家，时不时可见炊烟，也会听到鸡鸣狗吠声。有单家独户把小院子与房屋依着山根而筑，清室幽居；也有三两户人家挤在一个小小的山坳里，择芳邻而共处。玉屋墙，玉围墙，玉板屋顶，玉条窗棂，只有柴门当户。柿饼、辣椒、芫荽、玉米，一条一条垂在青崖下，像一幅幅古老的中国画。我问一位牵着孙孙手的策杖老人："长日如小年，日子过得闷不闷？"老人不语，只是用手指前后左右。是的，我明白了。鸟声、蝉声、水声、雨声，天籁悦耳，何闷之有！看山之巍峨，看谷之空灵，看水之清冽，看树之繁茂，看花之芳菲，赏"深溪横古树，空岩卧幽石"，何闷之有！

眼前最神奇的景象是，四围青石山，山沟里却是重垒叠错的砂石，如卧牛，如奔驼，豪放、气魄、恢宏、壮观。如此大的阵势，居然没有源头，这是一个连地质学家也破解不了的谜。姜珺说，这应该是一沟神话，是女娲补天的余珍。也许，其中一块石头通灵之后去了悼红轩，演绎了一部《红楼梦》，剩下的这些老实巴交的石头依然待在这里。世界就是这样，觉悟了的捷足先登，沉睡的永远是石头。姜珺这样说，让我抓住了他的话柄："到底是石头还是玉？"姜珺指着山沟里的石头告诉我说："古人说，玉，石之美者。尚庄人张君以其智慧、勤劳、忠诚和爱，让家乡的石头具有了玉的价值。"

四

通过姜珺，我认识了张君，高高的个子，清清秀秀的，一介书生模样。张君从小负笈离乡，在外读书工作几十年，不管事业有多成功，也不管在城里有多宽敞的住宅，退休后仍带着妻儿回到尚庄，并协调村里村外的各方人士，清河道，筑堤坝，修桥铺路，把村子修整得焕然一新。他的目的，就是想把外出打工的年轻人吸引回村子，赓续古脉，重振家乡。

古脉何在？古脉就在尚庄村头的石崖上。村头的石崖上，刻了两个大字：尚德。那是先人的嘱托，也是后人的使命，是一代又一代尚庄人的向往、追求、自觉和自谨。但"尚德"只是一个题目，或者是一个标语口号，如何"尚德"还必须有操作方法和过程。姜珺说，张君就是想要在石头上写天地文字，作千古文章。这是多大的气派呀！他又不是玉工，他能在石头上凿出什么大文章呢？姜珺反问我，女娲是玉工吗？曹雪芹是玉工吗？"扬之水，白石凿凿"，纵然是石头又如何？

　　姜珺告诉我，张君的"文章"构思缜密，最精彩的部分表现在村子中间的小广场周围、剑河滩上、小路两旁、老屋的石头墙上，在山沟里那些如牛似驼的花岗岩上，他在一块石头上刻一首唐诗，号称要石刻《唐诗三百首》，这是不是"尚德"的壮举？

　　这是一项伟大的工程，首先需要资金。我说："尚庄有这样大的财力吗？"姜珺说："我们应该鼓励张君，让他以'蚂蚁精神'攒一点钱，刻一首诗。钱攒多了，多刻几首。日积月累，何愁诗不能满尚庄？"

　　姜珺说，小广场上还要再辟一个"今诗苑"，刻今人佳作以传后世。如此壮丽的工程，总会感动具有文化情怀的"金主"，也许有人会出资在"尚庄玉"上光辉"文德"。

　　我心里的疑云散尽了。是尚庄人改变了石头的价值，把漫山遍野的尚庄石头，变成了"尚庄玉"。

史　　山

　　笔会开在中秋，开在中秋的史山。笔会开在史山，是因为史山美。亲近史山的时候，才发现史山果然不一般。

　　先说史山枣。史山枣美。八月中秋，枣儿正肥，小如鸽卵，大如鸡子儿。咬一口枣儿，水灵灵的鲜。又酥、又甜，如品蜜桃，如啖荔枝。

　　再说史山桃。史山桃美。都已经是漫山红叶了，桃儿还缀在桃树枝上，摇摇欲坠。摘一个，擦一擦茸毛，咬一口，又甘、又脆，你会不由得惊叫一声："真美!"

　　三说史山的柿子美。柿子如小红灯笼一样，挂在秋天的树梢上，秋阳一照，像是要流出蜜汁来。秋风徐来，千万盏"小灯笼"一齐摆动起来，让人心动，让人魂飞。

　　四说史山的红果美。华阳山脚，农家院里，如雨巷中撑开的小花伞，一株一株的红果，歪着脖子比着俏，有一点像是"巧笔倩兮，美目盼兮"。史山的红果，个大，大如枇杷；色艳，艳如玛瑙；成朵，朵如葡萄；微酸，酸如醋醪。

　　五说史山的枫叶美。霜期未到，红晕就已经上了枫叶的脸儿。十里樊川，一脉华阳。碧云低天，层林尽染。更奇妙的是，史山的枫实居然状如元宝。

　　史山美，不是一美二美，是众美咸集。陶人诗兴，感慨之余，便不由得让人诌出几句诗来：

> 先品史山枣，再曰史山好。
> 史山读山史，山水竟妖娆。
> 鱼山栽红果，樊山种蜜桃。
> 山腰缠核桃，山脚长花椒。
> 柿子像琉璃，枫实如元宝。
> ……

　　说到史山名，就有说不完的传说。比如，有人说，史山原叫狮山，因为山的形状像安卧在那里的几头狮子；有人说，史山曾经叫柿山，因为山上到处有柿子树；有人说，史山曾经叫屎山……

　　传说与故事固然有，然而我不光不情愿美丽的史山有那样脏的一个名字，也不愿意让人常常讲那样脏的故事。

　　我以为，史山应该叫"诗山"才对，曾经有很多咏唱史山的诗，比如：

> 清溪一曲抱村流，石镜松云掩画楼。
> 兴较柴桑风景地，斜川争似锦川幽。

　　这是布衣诗人王炳照的《樊川二十咏》之一。

　　其序曰："川源出樊山，故名。萦回溶漾，径十余里，窜少城入沁。青山夹两岸，间以古寺烟村，苇洲蔬圃，青旗红板，牧笛僧钟。每春夏之交，日丽风恬，鸟歌花笑，行者忘倦，虽武夷九曲不啻也。秋冬则黄栌丹柿，细菊苍松，映带于波流云绕间。"

　　真是一个可以诗意地栖居的小山村。

如此富有诗情画意，叫诗山又何尝不可呢？想着，走着，看着，我就信步走进了农家。这是一个农家小院。

院子很整齐，很干净。院子里栽了一棵红果树，绿绿的叶子，红红的果子，像一柄小花伞撑在院子里，小院便有了一点娟秀、几分妩媚。

老太太坐在"小花伞"底下的一张摇椅里，半闭着眼睛摇，摇一摇，摇一摇，像是做梦。我想，老太太大概也还会在梦里摇到"外婆桥"吧？

想着，我就差点笑起来。

其实，小院里不乏笑声。在老太太身边围了好多女人，是不同年纪的女人。三个女人一台戏，那么多女人，戏可是很热闹了，光是笑声，就院里院外飞。

看到我们走进小院，女人们赶紧起身让座，忙忙地给我们倒水。

没有忸怩，没有羞涩，都落落大方，个个不失热情。

坐在红果树下的石凳上，喝着放在石桌上的红果片泡水，听女人们给我们讲史山的故事。

言辞之间，史山在她们心里就是世界上最美的山。

其实，我以为，最美的应该是史山人，是史山的女人。

史山的女人故事多，她们大都在美丽的传说里，也有的就在我们的眼睛里。

有动人的忠孝故事，有勤俭持家的故事，有学孟母教育子女的故事……

有人说，你若能够读懂史山的女人，你就能读懂史山。

说话间，一阵山风从大门洞钻到小院里来，摇一摇红果树，红果树就一阵沙沙响，像是在唱秋天的歌。

于是，我便又想起了史山的名字。我就坚定地想，就叫史山吧，既有史，也有诗，也有那么美的风物，史山才是名副其实的。

真的，那真是一座绝妙的史山，一座娟秀的史山，一座诗一样的史山。

史山坐落在太行山里，不是山外青山，是山里青山。

一本厚厚的《史山传奇》传到今天，传出来一个传奇的人物，一个全国新农村建设模范人物。他放着白领不做，硬是领着史山人把史山打造成了"全国新农村建设先进单位"，是他带着史山人为史山续写了一部现代史诗。

于是，我就给史山下了一个结论：史山千好万好，归根到底是人好。人好，一好百好。

史山，还是就叫史山吧，不用改。是史山人创造了诗一样的史山，是史山人创造了史山诗一样的历史。

史山是史山人的梦。

史山是史山人梦里的诗。

史山是山的史诗。

游析城山

我已经是第三次去析城山了。

是慕名而去的吗？其实析城山名微得很。除了阳城人，知道析城山的人大概不会过万。就那一点微名，也还是我读赵雪梅君的散文《雪天的牵挂》所得。雪梅君在陵川做县委书记时写过一篇《陵川红叶》，把陵川的红叶写红了半个中国。到阳城做县委书记时，她又写了那篇《雪天的牵挂》。这篇文章写得真好，极具才情，与《陵川红叶》可做姊妹篇，从人文到地质，到气候、形貌、花草、虫鸟，以及雨、雪、风、霜、写到情不能已时便极力铺张，恨不能把那一腔文化情怀全都抖给那析城山。当然，我知道，有的山水即使真正好到玲珑剔透，但文章却难尽其妙。比如桂林，没有哪一篇文章敢说写出了漓江山水的精神。不用说精神，即使姿色，又有哪篇诗文能给人切肤之感？纵然有好文章好诗画，也仅是相对而言，总不如身临其境体验玩味更有真趣。反过来说，有的风光并不怎么有名气而文章却生动，能使水生丽色山生辉。

《雪天的牵挂》给人的感受太深刻了。当然，我没有必要去印证《雪天的牵挂》的真实性，只要有才情飞扬、感情真挚的文章可读，不去析城山也罢。交也是神交，游也是神游，有什么能比精神世界的强大、人生态度的从容更让人悠然自得呢？

是自我宽慰吗？不需要自我宽慰吗？

想行万里路，你得有行万里路的条件。歌词说路在脚下，歌词没有说错，但眼看着条条大路而举步维艰者也是有的。不过，谁都不会因无资本登上彼岸，就哭得涕泗横流。

其实，还是去一回好。如果没机会去内蒙古，就在析城山那个辽阔的大草甸子上走走，也会让你感受到草原的风光有多么壮阔，有多么美。

在析城山上，你或许并未感觉到太阳有多么的灼热，但回来之后，你的颈项，你裸露着的臂膀、光着的背部，都会有刺痛的感觉。过两天，准让你脱一层皮。

于是你才恍然大悟地说，哦！析城山的紫外线果然厉害！

去走一走让紫外线消消毒，我想没有什么不好。不过去时还是应该带上一把防紫外线的太阳伞，晒一晒之后就应该把自己遮起来，以免长时间烤晒而被紫外线灼伤肌肤。

析城山有几个大溶洞，数黑龙洞最幽深，据说入洞可行数里。我们是行走不了那样远的，一是在那大草甸子上游走了半天之后，到黑龙洞就已经很累了；二是没有那个胆儿，入洞不远就已经有了险奇之畏，很少有深入的胆量和力量。大多数人都只是下到洞口不远处看看便视为畏途，为避险而返。

析城山的花很多，但在我的印象中却只有两种，一种是野粉花，一种是菊花。大概因为这两种花的性情太野，又善"联盟"，势力大到威风三丈，其他花便不敢声张。要看花的精致，你大可不必去析城山。无论何处，你只要撷一朵花细细品鉴，尽可博得个风流子。

倘若君子算个有气魄、有气概、有才识者，就不妨到析城山去看花，看花势。野粉花也许并不怎么好看，山菊花也并不怎么好看，要说娇艳也有一点，但却不够婀娜，不那么袅袅婷婷。然而那种阵势、那种气势却很逼人。一见之下，你便会想起击鼓抗金的梁红玉，想起花木兰和红色娘子军。

不过，野粉花在其他地方是少见的，据说内蒙古有，却没有析城山的地盘广阔，而且花朵小，颜色也欠艳。野粉花虽然乏名，其名却自在。哪里能有比孤芳自赏更怡人的呢？菊花更是不一样，唐朝的元稹把她夸得都要出塞了："秋丛绕舍似陶家，遍绕篱边日渐斜。不是花中偏爱菊，此花开尽更无花。"真个如压轴的丽媛。

偌大一个草甸子，走到头会很累。但既然去了，切莫因为累就裹足不前，也莫因为看不到奇险的山峰或者翻腾着的激流就折身而回。一定要走到南天门去，走到南天门才基本上算走到头。南天门的风光才最刺激。其险峻，其深绝，真正地让人望而却步、望而生畏。你若胆子还可以，就在那悬崖边上往前探一探身子往下望，你会不由自主地惊呼："哇，那下边怎么会有人家呢？"你大概会想，那才真正是一个世外桃源。其实你错了，从来没有世外桃源，陶公也只是想象。当然，想象并没有什么不好，美好的想象能给人动力，给人创造世界的热情和信心。连想都不敢想，总怕人说自己有非分之想，你还能有创造力吗？

在这里我得提醒你一下，倘若走了一身热汗，千万莫在南天门久坐，那里有天风，天风有毒，是最厉害的，它在为你轻轻抹掉汗水让你感觉十分凉爽之际，便会悄悄钻到你的骨缝里。

其实即使没有黑龙洞，没有南天门，没有野粉花和菊花，也应该去那里走一走。那阳光，那空气，那青草的气味，那野花的芬芳，那山左的枫叶，那山右的溪声，那松林的涛声绿影与那松脂的香气，都可以供你免费享用，可以让你呼吸到负离子，让你脑子放松、心胸开阔；可以让你舒筋骨、通气脉、化涩滞，让你神清气爽、心旷神怡。要是有可能，我真想把析城山搬到我住的楼下，或早或晚天天在那上边走过来走过去，让我的邻居们也一起在那上边走过来走过去。谁要给个大官与我换，我还真的会与他讨价还价呢。

　　析城山有许许多多小景。比如娘娘池、汤王庙、龙窝、山左枫林的霜叶与山右小溪的淙淙流水等，不一而足。我三次去，所历所见自有不同。比如，初夏看到的是漫山遍野的野粉花，这一次去正是中秋，除了看到漫山遍野的野菊花，还吃到了脂味很浓的松子，尽管只有一两颗，但因为是新鲜的，是滴着晶莹的松脂的，所以香留齿颊经久不去。

　　至于汤王庙与娘娘池，有传说，也有故事，很耐听。大部分人到一个地方，都是一看风光，二听传说。有后者没前者尤可，倘若没有后者，山再好也乏味，水再好也寡情。析城山汤王桑林祈雨的故事感天动地，娘娘梳妆遇黑虎的故事也很有趣，就连那野粉花也是一地的故事，如果把故事与山水融会贯通，你才能理解那山、那水、那历史、那人物。你才能有赴宴归来的感觉。

　　那么，析城山是不是就是一本可以常常置于案头、放在枕边的好书呢？

　　以赵雪梅君的观点讲，是的。她从地质学、气象学、文学、语言学和哲学的角度讲析城山，站在县委书记的高度审视析城山、评品析城山，把自己的责任、感情、思想、智慧，统统与析城山糅合在一起，析城山哪里会不是一个经典呢？

　　同是山，因为山势不一样，包含的文化信息不一样，便有不一样的风光与内涵，所到之处，要领略、体会的东西也会不一样。泰山独尊，桂林独秀，黄山繁复，五台山气象平和，绵山不管修葺得怎么好，给人的感觉总是悲情无恨。名山早已声名在外，你去之前，便已经对你要去的山有了个大概的了解，你就有了要领略那山的风光的心理准备。比如我去泰山，就是要领略它那天下独尊的气势与文化韵意。走桂林，要领略它独秀一枝，感受她的秀色可餐。去五台山之前，早早就有了对佛教文化的崇拜之情，人不由就坦荡，就想做个清静无为的人。

　　析城山却是自然的、质朴的。我之所以去三次，就冲了这一点。比如汤王庙，给人的历史沧桑感就很重，给人留下可以思考、可以想象的空白很大。站在那里，我仿佛置身于历史长河的大堤之上，听长河的涛声，看长河的浪花，倾听历史老人滔滔的演说，或者哲学，或者人类学，或者社会学，或者地质学，或者气象学，归拢起来便是："孤帆远影碧空尽，唯见长江天际流。"

析城山应该有自己的特色和风格。就像恩格斯说的，典型环境中的典型人物，必须是这一个而不是那一个。析城山仅凭那个大草甸子就可以了，站在那辽阔的大草坪上，人会不自觉地产生一股天地英雄气，会觉得自己是个大英雄。这就够了，还想要什么呢？

我担心有人会以自己的理念、以自己的思想、以自己的想象，对析城山轻易下笔。蛇就是蛇，画上足就成蜥蜴了。

洞　　头

雨后新晴，遥望窗外，青山如黛，横过一抹。

尽管夏天的雨泼了如许黛绿，却怎么也不能够如洞头的山一样，让人亲近，让人解馋。

昨天，我又去了一次洞头。说"又去了一次"，意味着我已经去过一次或者多次。

记得十多年前，人们还没有惊醒她的时候，她还如处子般沉浸在四周山色里。路也还很难走，青石铺的一条挂在山崖上的仄径，汽车将就能过得去。过是过去了，但一路上颠颠簸簸，随时都有掉到崖下的可能，把人的心都捏疼了。

虽然每去一回都是提着心，但每去一回都让人动一回心。

虽然很动心，我却从没有为她写过一个字。不是没有什么东西可写，也不是没有情绪书写，是不愿轻易着墨。

别轻易惊扰她吧，别轻易挑逗她吧。

让她就那样睡着吧，睡着。她才真正是这个世界上最让人疼爱的一个睡美人呢。

难道不是吗？

人们之所以喜欢她，不就是因为她"蓬门未识绮罗香"吗？

人们之所以疼爱她，不就是因为她"敢将十指夸针巧，不把双眉斗画长"吗？

人们之所以怜惜她，不就是因为她"泉源在庭户，洞壑当门前""疏松影落空坛静，细草香生小洞幽"吗？

不就是因为她的"精神靖秋水，淡逸老流云。风物华天地，造化黯古今"吗？

是的。是她的"清水出芙蓉，天然去雕饰"，给了人世间一个又一个惊喜。

人们趋之若鹜，想去看的，不就是她的"淡淡妆，天然样"嘛。

唐人权澈正是看中了她的"琵琶翠泓湛且清，屏风画壁势相迎。桎柏飕飗杂风雨，龟龙旸睒游虚明"，才写出了一篇《琵琶泓》。

宋人杨谟也是看上了她的"嫩柳山花满岩麓""但见一泓春水绿"，也跟着写了一曲《琵琶泓》。

说唐说宋，也许太遥远了。是吧？

那么就看看我们今天的一位名字叫刘艺的女孩，写给她的文字吧，看看刘艺喜欢她的什么：

"漫步在古旧的小巷，穿行于洞头特有的质朴与坦荡之间，宛如在时光的长河中溯流而上。古朴的民居，青石铺就的小街，以及小街旁红色的遮阳伞下的小吃摊，如民俗画一般铺展开来，将洞头深厚的人文积淀和亘古不变的生活方式演绎得醇美而悠长。很喜欢这种现代与传统交融的感觉，历史的味道，令人不会漂浮；时代的气息，让人知道自己置身何处。"

是字字珠玑吗？我横看，竖看，看来看去，怎么都不是"横看成岭侧成峰"，而是，而是，怎么看都是字字滴翠！

从权澈，到杨谟，再到刘艺，古人与今人，男人与女人，胸次何其仿佛！

尽管水被污染了，而《琵琶泓》却依然不失当年的风韵啊！

火车不时从村前的沟里"咣当咣当"穿过，给小小的山村带来的是活力，是时代的脚步声。

登上村头的小山顶，山崖陡峭，清风习习。

俯瞰崖下，清流蜿蜒。回望村头，绿树环合。粉墙黛瓦，田畴阡陌。犬巡古宅，鸡鸣人家……总能让人想起孟浩然的诗："绿树村边合，青山郭外斜。开轩面场圃，把酒话桑麻。"

虽然说了这么多，也写了这么多，我仍然说，我不敢为她著一字。

"不著一字，尽得风流。"那才是洞头。

能够不动声色地惊动世人，说明洞头是自在的，是自然的。

洞头自在的样子，洞头的自然之姿，自有她自在的魅力。

不敢轻率地为她著一字，是怕字下得不准，会伤了她的体，会伤了她的心，会伤了她那水村山郭的好模样儿，会伤了她的山水精神，会伤了她的天然品质。

所以，我想，所有关心洞头的仁人，所有爱洞头的志士，在给她上妆的时候，粉底稍稍淡一些，再淡一些；给她修眉的时候，绞线稍稍轻一点，再轻一点……

也许你会问我，难道洞头弱不胜衣吗？

不是的。不是的。洞头是大自然赐给人类的一件天然艺术品。

唐朝的时候，人们就懂得："慷慨吐清音，明转出天然。"

难道我们不懂吗？

智山仁水，山水化育。洞头虽然是个小村，却是一篇大文章，是一篇大文章的精魂。在文章的字里行间，人类无论写下哪一笔都是多余的。

倘若把她从深闺中拉出来，给她遍施铅华，乱抹脂粉，把她打扮得花枝招展，怕她会庸俗，怕会再也没有人理她。

淡淡妆，天然样，好不好？

也许你会以"改革开放"的姿态与我理论。然而，我却要说："改革开放，不但可以向前，也可以向后；不但可以向左，也可以向右。向古今中外，向天地六合。利则取之，弊则弃之。荣我者，则近之；枯我者，则远之。"

向前，是向科学与民主开放；向后，是向历史与传统索取。

我所谓的向后，就是向着辉煌的历史掘进。历史的宝藏是丰富的，是取之不尽用之不竭的。打开五千多年的历史宝藏，用历史的眼光，用唯物史观，把历史作为改革开放的一个疆域，难道有什么不可以吗？

也许你会说，难道洞头不用发展、不用致富吗？

用啊，怎么不用呢？不过，该藏的，藏起来吧；该掩的，也掩起来吧。四四方方的花手帕不一定非得盖到头上，鼓囊囊的名牌钱夹子不一定非得拿到手里。该装到口袋里的，都装起来。不要把什么都拿在手里摆富显贵，不要把钱贴到身上或者堆到脸上摆阔，更不要把电线、电话线、网线都缠在头上，生怕别人说自己不够现代。比如电线，能不能从村后或者地下埋过去？修大楼宾馆，或者更现代化的设施，比如车库、大型工厂，能不能离原来的村子远一点儿？

再比如山顶上新建的那座小亭子，如果用黛瓦，或许比琉璃瓦要好得多。

为此，我说："洞头应该小心再小心。小心爱的砍削，也小心爱的堆垒。"

盘锦之锦

一

与其说是去考察盘锦文化，倒不如说是去寻找盘锦之锦。

去盘锦之前，我就是这样的一种想法。因为有人告诉我，盘锦曾经是东北的"南大荒"，有兔子，有狼，有油，有粮，就是没有文化。

我之前对盘锦一无所知，去之前想查查资料，还未来得及，朋友就来了电话，说要提前出发。这一提前，就只给我留了半个小时，所以我拉了个包，就去赶火车。不过，在去火车站的途中我就想，车上一定会有东北人，或许我还有机会了解一下盘锦。

果然，我对面坐的一对夫妇是通化人，他们态度友好而且热情。只是他们给我讲的盘锦太简单了，让我很失望。

但我还是应该感谢他们，他们那简短的介绍成了引子。邻座的一位老先生听我们讲盘锦，便蹭过来，挤到我的座位上将就坐下。老人年近花甲，面貌清癯。讲到盘锦，他有点激动，仿佛在讲他的家乡，其实他是河北人。但他却对我不了解盘锦表示不理解。摇着头，笑着，略略带点儿嘲讽意味。他嘲讽我孤陋寡闻，遗憾天下竟然还有人不识盘锦。

老先生感慨万千，说："浮生若梦，倘若与盘锦失之交臂，那就连个好梦也算不上了！"

老先生说，他只用两个字就可以概括盘锦，一个是"肥"字，一个是"秀"字。

不是有人说东北曾经是日本帝国主义嘴边的一块肥肉吗？盘锦就是"肥"的典型。

如今，你知道吗？盘锦越发是肥腴的"肥"！俏丽都与，风流蕴藉。于是，"秀"也是自然的。

说完，老先生仰面大笑。面对老先生的谈吐，我大概是个瞠目结舌的样子。

我悄声问老先生，你是教授吗？

老先生笑而不答。过了一小会儿，他又嘿嘿笑了，说是烧砖的。

我绝对相信那是老先生的幽默，便不再问究竟。

但我却禁不住还是想让老先生详细地给我讲一讲盘锦。

老先生想了想说："我知道，你想要了解的，是盘锦的文化，但文化这个东西，怎么说呢？要说不好谈，也未必。要说好谈，有时又觉得像老虎吃天，不知道从哪里下嘴。"

略停顿了一下，老先生说："当前有人为文化赋予了广义和狭义的双重含义。就广义而言，文化是指人类生活的一般；狭义的文化则指从其中特意提炼出来的，高尚的和高度智慧的那一部分。"

我小心地问老先生："盘锦文化有这两种含义吗？"

"有啊。"老先生说，"哪里都有，只是形态不一样。"

说到这里，老先生没有继续往下说。与我们相邻而坐的人，都在静悄悄地等着老先生继续往下讲。

少顷，老先生的思绪大概已经被浓浓的文化烟云裹挟了。他完全忘记了我，也忘记了他周围所有的人。他用细长的手指轻轻叩击着几案沉吟。虽然不辨字音，但抑扬中我听得出他在忘情地诵念《诗经》："蒹葭苍苍，白露为霜。所谓伊人，在水一方……"

　　我有些吃惊。莫非盘锦是诗歌《蒹葭》的故乡？但我立刻就给了自己一个否定的答案。不，不会的。《蒹葭》属秦风，应该在陕西那边。就是全部《诗经》，也只属于黄河流域，与东北没有关系。莫非盘锦蕴含有"蒹葭"的诗意？我想问问清楚，却又怕唐突了老先生。

　　接着，老先生又给我解释起盘锦的名字来。他说："盘锦，按传统意义解释，就是用金线在丝织物上盘出的图案。"我说："那我们所去的盘锦，完全可以说是劳动人民在祖国的东北平原用自己的勤劳和智慧作金线，绣出了一地辉煌了。"老先生对我笑笑，肯定我所说的。接着，老先生又把盘锦两字拆开讲，就是盘与盘中之锦。他告诉我："所谓'盘'，是说东北平原像一个四四方方的大盘子。天如穹隆，罩在那大盘子之上，而盘子里盛的是盘锦大米。你知道吗？盘锦大米雪白雪白的，晶亮晶亮的，食前免淘，米香熏人，营养丰富，那是真正的稻米母亲。不要相信稻米母亲只是印度尼西亚的民族神话，在盘锦是实实在在有一位稻米母亲的，她的乳汁滋养万物，滋养我们的灵魂。"我说："盘锦大米就是盘中之锦了吧？"

　　老先生说："是的，但只是其中之一。其实，盘锦的盘子里装的不光是大米，顾名思义，装的是一盘子'锦'。有人说盘锦是鹤乡，是白天鹅的故乡，是北国水乡，是鱼米之乡。是的，这些都是盘锦之锦。但我认为还不完备。还应该有那原油滚滚的曾经全国第三大的油田——辽河油田，有那涵盖百里的亚洲第一大苇田，有那绮霞一般的红海滩；有辽河落日、湿地孤烟、浓云长风、丽日海滨；有明洁的秋水长天，有悄寂的无人野渡；有多少显得有点儿奇怪的长嘴鹬，有不知所出的翘鼻麻鸭；有娟秀的白鹭、洁白的海鸥，有风度翩翩的苍鹭、千里振翮的大雁……真是一盘子锦绣！如簇如束，如堆如垛，随便你撷哪一枝，都应该是那么娟丽，那么秀美。一个'甲'字，使桂林山水甲天下。盘锦也可概括为一个字，就是'秀'字。娟秀的秀，秀色可餐的秀。盘锦风光秀天下！"

说到这里，老先生便不再往下讲了。一时四座悄然。

悄然品咂，悄然回味。品咂和回味老先生所说的那一个"肥"，那一个"秀"，那一个"盘"，那一个"锦"，一个字一个意思，意味无穷。

望望车窗外，夜色苍茫。有节律的行车声把我的思绪带向远方，带往盘锦。

有点儿贪婪的我还想让老先生把盘锦之锦讲得更详尽一些，老先生漫不经心地摇摇头，对我说："你要是不到盘锦去，我完全可以给你很详细地把盘锦讲一讲，保证你如身临其境，意蕊横飞。我所讲的都是盘锦之锦，但盘锦之锦的高度却真的在盘锦的文化之中。盘锦文化如何定位，我还没有想过。你现在是要去盘锦的，你就自己去体会，你的感觉会更细腻，理解会更深刻。"

虽然没有听到老先生讲盘锦的"人类生活的一般情形"与"其中特意提炼出来的，高尚的和高度智慧的那一部分"，但我已经很满足了。

我非常感谢老先生，一口气给我托出了一盘子"盘锦之锦"。

二

我对盘锦的第一印象来自道听途说，道听途说里的盘锦也许像一个梦。

但我却宁愿盘锦就是我梦中的盘锦。

我犹豫了，甚至不想亲历其境。俗话说百闻不如一见，而目之所及、手之所触的盘锦又会是怎么样呢？我怕那"一见"会破坏我梦中的盘锦之锦。

　　我是小心翼翼地走近盘锦的。我心里所装的，只是盘锦之锦的一些概念，我还没有真正见到盘锦之锦。

　　天如穹隆，很蓝，太蓝了。没有沙尘，没有雾霾，没有烟霭。蓝蓝的天宇时有白云飘过，给人无限辽阔的感觉。鹰在辽阔的天空享有最大的自由，它们只有在这样的天空中才可以毫无顾忌地把长翅伸展。在这样的天空飞行，才叫翱翔，才叫鹰击长空。

　　盘锦广袤千里，地平线显得那么遥远。我不知道阻挡视线的障碍物为什么那样少，车行很长时间都见不到村子，见不到建筑物，没有山，也没有丘陵，整个大地没有一点起伏。平旷无垠，连树木也不多。太阳从地平线上升起的时候，不像沧海日出那么奇谲，也不像黄山日出那么变幻莫测。东北平原上的太阳仿佛是从五千年前升起来的，杳渺，悠远，有点肃穆，有点庄严。

　　汤汤辽河，穿过东北大地，也许是将要入海了吧，所以到盘锦那一段显得异常安详而平缓。辽河会同渤海湾的涛声，给予盘锦大地的不是纤秀，而是雄浑。

　　历史似乎没有在这里留下一点文化痕迹，南大荒的空旷、静谧，却一直在人的感觉之中。

　　如今的南大荒毕竟已经不是南大荒了。那里的水顺人意，已经使盘锦真正成了一个北国水乡。任你怎么走，任你走到哪里，都会有水。不是浊水横流，而是碧水流云、上下天光。

　　才见流水玲珑，又是一鉴方塘。稻田已经耕过，放了水的，一方一方明澈如镜，差不多能想得到稻谷成熟时节的一片金黄；未放水的，到处泛着泥浪，逸散着泥土的芬芳，让人仿佛已经闻到稻谷成熟时节的清香。

　　与江南不同，北国水乡难得见到水牛。江南的水田是先放水而后驱牛淌水耕田，盘锦的土地要机耕之后再放水，等田泡软之后再插秧。

盐碱地里树木不易成活，想要栽活一棵树，就需要刨一个大坑，把盐碱土挖出来，到远处运来沃土填进去。尽管种树如此不易，但盘锦街道两旁仍然是绿树成荫。冬青葳蕤自生光，烟柳依依别含情。盐碱地不易种树，却宜栽稻，并且与其他地方的稻米成分殊异，所以盘锦大米香天下。

盘锦有湿地三大景：红海滩、芦苇荡、水禽。可惜我去的时候不对，没有见到滩红水涨的天下奇观。芦苇一荡，有0.4万公顷左右，太壮阔了！踏着人工搭起来的小木桥，走进苇场中用苇子搭起来的小吊脚楼，会挚友二三人，蒲团之上依几而坐，咬着酸菜，蘸着味道鲜美的蟹黄，或对酌，或啜茗，看芦田里绿水盈盈，沐旷野间轻风飒飒，笑蟹儿在青青的苇叶下横行，赏虾蛄绕着芦笋游戏，听远处近处蛙声阵阵，这时候，你如果觉得还身在人寰，那么，一声九皋鹤鸣，你便会有远离尘嚣之幻觉；如果恰逢一阵斜风疏雨，或是一阵急雨也罢，你便会生出即使是天地你亦可与之并立之豪情。咀嚼着那种况味，人会与大自然神貌相谐，肌肤亲近，便会心与身一起伴着风雨同往，魂与魄一起傍了瑞鸟飞翔。

鹤与天鹅在这里被称为瑞鸟。在盘锦可以看到灰鹤、丹顶鹤、白枕鹤、黑颈鹤、白头鹤、沙丘鹤、赤颈鹤、蓑羽鹤等。如果说在盘锦听不够的是清婉的鹤鸣，那么最让人看不够的就是一对对白天鹅那优雅的泳姿。

三

天鹅是优雅的天使，是高贵的鸟儿。我最终认识盘锦，是天鹅给了我一个启示。

当看到在水中悠然而泳的天鹅时，我便想起法国作家布封在他的那篇《天鹅》中写的："在任何社会里，不管是禽兽的或人类的社会，从前都是暴力造就霸主，现在却是仁德造就贤君。地上的狮、虎，空中的鹰、鹫，都只以善战称雄，以逞强行凶统治群众；而天鹅是这样的，它在水上为王是凭着一切足以缔造太平世界的美德，如高尚、尊严、仁厚等。它有势力，有力量，有勇气，但又有不滥用权威的意志、非自卫不用武力的决心，它能战斗，能取胜，却从不攻击别人。它是水禽界里爱好和平的君王……天鹅身上的一切都散布着我们欣赏优雅与妍美时所感到的那种舒畅、那种陶醉，一切都使人觉得它不同凡俗……"

太好了！天鹅的性情之中，是不是就蕴含着金色盘锦的诸多文化因素呢？

盘锦，是不是优秀文化碰撞出来的一盘火花呢？

在盘锦的世纪广场，仰望那沐浴着朝阳灿烂金光的世纪之星，看着在世纪之星下晨练的人，跳舞、击剑、打太极拳。友好，亲切，和谐。每个人都像是从同一个家庭里走出来的成员。

然而，你知道他们中间百分之八九十都不是盘锦人吗？他们来自祖国的四面八方，他们来自不同的历史时期，他们来自几十个民族，他们来的时候都有着不一样的身份。

这样复杂的成分，你知道他们都给盘锦带来了些什么吗？

他们中间，差不多有一半是当年闯关东来到这里的。像天鹅将要迁徙一样，他们背井离乡的那一刻，除了打点生活所需之物，最主要的，他们得打点一下自己的文化心理。他们必须把在热土上滋生的懒惰、狭隘、怯懦、散漫、卑劣统统放弃。想要在关东闯出自己的立足之地，就必须把家乡的优秀文化品质，诸如勤劳、俭朴、豪爽、大度、宽容、吃苦耐劳、与人为善、见义勇为、助人为乐等，当作财富，随身携带。

移民带来的是最优秀的文化因素。优秀的文化品质在这里融汇、磨合、碰撞，最终形成了盘锦文化的主流。就像天鹅那样，移民在这里立足、生存、发展、创造财富，是"凭着一切足以缔造太平世界的美德，如高尚、尊严、仁厚等"。

加上后来垦荒队带来的集体主义精神和石油大军带来的团队精神，盘锦形成了改造世界的勇气，创造世界的力量和丰富世界的智慧。

是的，盘锦很少有人文历史遗迹，袁崇焕镇守辽远边关的兴城离她很远，张学良曾离她很近，但他却像浮云，连一点雨、一片雪花也未曾在东北平原上落下，便风流云散，飘向了天涯。

她似乎缺少了一些文化背景与历史依据。

但我以为那并不是一件坏事，她没有历史包袱，少了许多历史重负，不需要去努力寻找历史的高度，去考虑怎样超越，从而为此浪费许多时间、精力和情绪。

她只需要找准时代的坐标，一往无前，发展自己。

优秀文化，现代思维，团队精神，集体智慧，这恐怕就是我要寻找的最主要的盘锦之锦。

我是永远会把盘锦当作一座雕塑看的，她的名字就叫"盘锦"。

像拉奥孔，但不同的是拉奥孔手里抓的是条缠绕他的蛇，表现了受害者肉体的极度痛苦。像大卫，体魄一样雄健，神态一样严峻，充满英雄气概，富有思想内涵和艺术感染力。但不同的是，大卫左手握着肩上的投石带，表现出的却是极度的兴奋。

而盘锦却把右手高高举起，比大卫更有力量感，她是20世纪中国工人、农民靠自己的意志、智慧、力量和气概，在这块土地上崛起的象征。

在她身上显示着一代创业者的傲然雄风。她坚定、有力，是一位不容撼动的巨人，古老的中华文明和文化之光在她的肌肉上闪烁。

她凝视着远方。她的形体符合建筑学的要求，雕塑家的刀具在她的形体上留下的棱角似乎太重，却突出了她的文化性格。

　　在她脚下躺着刚刚从春天醒来的大地的女儿，一位丰腴的少女，有点像新古典主义雕塑家安东尼奥·卡诺瓦装扮成维纳斯的宝琳，柔美、娇艳、安详，丰盈而窈窕的曲线，雍容华贵，娇姿倚卧。

　　她是辽水之神，也如洛神，"髣髴兮若轻云之蔽月，飘飘兮若流风之回雪"。

　　她还是一位稚气未脱的少女，还带着醒后的睡眼惺忪和困倦。她颀长的脖颈，像天鹅一样秀丽。

　　她就是一只白天鹅。雕塑家通过她的形体，抒发了自己对盘锦大地的赞叹和依恋之情。

　　她是芦苇，身旁依偎着鹤与众多水禽，当然还有螃蟹、鱼、虾和青蛙。那是人与大自然的和谐共处。

　　这就是我要寻找的盘锦之"锦"。

孔子回车处

伟大国度，十万江山，哪一处没有胜景？即便穷山恶水，只要有人居处，人们都会找出几处亮点，作为自己心中的风景。如果真没有，造也要造出一个来，捏也要捏出一个来。如果连造的力气也没有，连招募的本领也没有，那就找吧，天上地下，古往今来，看看是不是古时候有名人来过，或者出过什么人物。只要能扯得上，哪怕是仅仅踩过一脚，也便算是胜处，也会很风光。即使捕风捉影，也无所不为。否则，会觉得自己活在那个地方有点窝囊，会在外人跟前没有脸面，即使有个脸面也毫无光彩。于是，就找出几处景致来，虽然比不上别人家的山河多娇，但在自己也算是有了"胜概"，自己就会活得有滋有味，生命便会有光彩，自己将来埋在那块土地上，灵魂也会得以温暖和安宁。

好风景在各地大都是四处或八处，不够时，扯个赝品凑一凑。多了，宁愿舍去，或再找一找，凑成四大景八小景，也不能有三处、五处或七处。八处最好，说明这地方真正是钟灵毓秀、人杰地灵。当然，只有四大景也好，但四大景毕竟没有八大景气派，虽然也还不算很差，但毕竟勉强了一些。

古时候的晋城就有四大景观：东有珏山吐月、西有松林积雪、南有孔子回车、北有白马拖缰。

珏山我去过几回，有山有水，仁者智者尽可以按自己的性情到那里乐山乐水。

松林寺就在我的家乡大箕村西边的晋普山麓，松树皆为平顶，像一把把撑着的大伞，自然也是有些传说的。松林翁郁，山泉叮咚，水流寺门前，寺藏松林中。见到那景象你自然就会想起那首唐诗："松下问童子，言师采药去。只在此山中，云深不知处。"我小时候常到那里玩，只是没有看到过松林积雪，是一件很遗憾的事情。后来才知，"松林积雪"实因寺周围的岩石发白，宛如常年积雪而得名，不是真的下雪。

至于白马寺，因为条件方便，我去的次数也就多了，也为它写过文章，最让人放不下的是漫山遍野的玫瑰，四五月间开花，山前山后，香气就浓得有些化不开了。

就那个孔子回车，虽然也不止一次去看过，但却不是为了看景，我是想去找我看不见的东西。虽然也为它写过文章，但我觉得那是一篇永远也写不完的文章，有些事情永远也说不明白。比如，孔子回车这回事，就永远也说不明白。

一个地方有几处风景，并不是一件稀罕事。美丽的自然景观好比是人的脸面，算个硬环境。人文景观完全属于精神世界，算得上个软环境。有这两个环境，一方面长自己的志气，一方面好吸引他人对自己家乡的注意，可以引进人才，引进资金，扩大对外开放。古人和现代人的功利目的没有多大差别。然而晋城的孔子回车却有点特别。长期以来，我一直被这一人文景观困惑着。我不知道晋城人为什么要在这个地方摆弄这么个景点。我写过一篇自我批评的味道文章，说我们晋城人拒绝接受人类的文化成果，拒绝接受人类文明，有点夜郎自大、固步自封。时至今日，仍然把那个景点保留着，是我们的一种不自觉行为。

我的矛盾在于，是不是那个景点的存在，也还可以长晋城人的志气呢？传说晋城人居然拦了至圣先师孔老夫子的车，并且是个只有七岁、名字叫作项橐的小孩子。项橐不是拦路抢劫，也不是破坏交通，他的举动虽然有点顽皮，但很智慧。项橐在路上用石子垒城池做游戏，孔子让项橐给他的车子让路。项橐就问他说："你听说过城池给车子让路吗？"孔子无言以对。那时，孔子已经是个六十岁左右的老头子了，专车也才只是一辆牛车。那一天，孔子和弟子来到太行山上。他们风尘仆仆、饥肠辘辘，样子不能说不可怜，并且可怜的孔老夫子被一个只有七岁的孩子问得张口结舌。

项橐大概觉得，不放这个可怜的老头子过去，怕是道理上说不通，但又不想白放他过去，就又问了他三个问题，想再难他一难。第一个问题是，萝卜为何半绿半红。孔子说是太阳光照的缘故。这个问题回答得不错，不愧为夫子。但项橐却说："萝卜的茎一生不见阳光，为何是红的？它的缨子天天晒太阳，怎么总是绿的呢？

孔子被难住了。那个时代，让孔老夫子解答这个问题，的确是够难的。

第二个问题：鹅为什么叫的声音很响？孔子说，鹅的脖子长啊！项橐说蛤蟆的脖子短，为什么也叫得那么响。孔子无言以对。

第三个问题：太阳为什么刚出山时那么大？孔子说，那是距离我们近的缘故。项橐说，中午时分，太阳不是离我们更近了吗，怎么反而变小了呢？孔子回答不上来。他见项橐虽小，却有过人之处，便拜项橐为师。

孔子学问高，却并不好为人师，相反，只要他人有见识，即使是个小孩子，孔子也会拜他为师。正因为孔子不好为人师，正因为孔子虚心，所以有他的"每事问"，有他的"三人行，必有我师焉"。

孔子绕"城"而过后，没走多远，便看到松鼠正用两个前足抱了松子吃，他以为松鼠在给他施"抱拳礼"，便以为晋国是不能去了，连动物也懂礼，到晋国传播礼乐文化就没有必要了。于是孔子便回车南归，所以在晋城南太行的拦车村留下了"孔子回车"的典故。

　　两千多年了，晋城人一直陶醉在自己编的故事当中。如果真是这样，晋城人是值得骄傲的。

　　要是晋城人真的用智慧难倒了孔子，晋城人在历史上也确该拥有一份磨不掉的光荣。

　　但留下的不是光荣，而是一种羞愧。有人曾经写过一首《过回车庙》诗："大道自经天，宁关行地辙。东周其可为，佛肸岂能涅。怅怅欲何之，栖栖愿每切。回车亦偶然，漫道晋人劣。"

　　"漫道晋人劣"说的就是晋人的品行。晋人自己找了这份麻烦，是所谓的自侮。

　　其实不只孔子没上过太行山，就连项橐这个小孩子也不是晋城人。

　　《三字经》上说："昔仲尼，师项橐。"《三字经》相传是南宋学者王应麟编著的一本蒙学教材。

　　王应麟，字伯厚，号深宁居士，宋庆元人。他通读"四书""五经"，官至礼部尚书，对经史百家、天文地理都有研究。他一生中作品很多，最主要也是后世流传最广的著作当数《三字经》，它在此后的七百多年中，一直被视为儿童蒙学最佳教材之一。

　　王应麟说有个项橐，他没有说错。《战国策》《史记》《论衡》诸书，都有项橐七岁而为孔子师之说。

　　"盖此童子之言，能令孔子取为法戒也。"《淮南子》高诱注曰："项橐七岁，穷难孔子，而为师。小儿闻之，咸三矜大，是其证也。"

　　鲍彪注《战国策》："本高诱说，以为项橐者，或即列子所云问日出之人。"

　　如此说来，项橐在历史上确有其人，孔子确也拜过项橐为师。

　　但据董仲舒说，项橐是达巷党人。达巷是地名，在山东滋阳县东北。

　　哦，项橐不是晋城人？

如果项橐不是晋城人，晋城是不是就不具有那份光荣和骄傲？

同时，也不该承担挡了孔子车的那份耻辱？

而且，在所有的文献记载中，孔子没有上过太行山。不但没有上过太行山，连晋国也未曾到过。孔子确也有过想到晋国的想法，他想到晋国见赵简子。其实孔子想见赵简子时，他压根就没打算上太行山，他也不需要上太行山。孔子想见赵简子的那年是公元前493年，此时前后，正是孔子一生中多灾多难的时候。他56岁从鲁国到卫国，卫灵公的夫人南子想见孔子，孔子不想见她，但不得已还是见了。过了一个多月，卫灵公和夫人南子同乘一辆车，太监雍渠也坐在他们的车上，而让孔子坐在第二辆车上，他们借了孔子的名声招摇过市。孔子感到很别扭，就离开卫国去了他国转了一圈，后又回到卫国的蒲，与公叔氏在蒲板相会。蒲，就是现在河南长垣市，这时，正是他想见赵简子的时候。

那么赵简子这时候在什么地方呢？据记载："十二月辛未，赵鞅入绛，盟于公宫。"也就是说，那时候，晋国的国都在绛，即翼城的东南部。

也就是说，孔子想见赵简子的时候，赵简子一直活动在山西翼城、河南濮阳与河北邯郸一带。

孔子从宋国出发，宋国之西，自然不是太行山，而是"绛"，绛才是晋国的国都。

孔子到河阳，即现在的孟州市西部，听说赵简子杀了窦犨和舜华，他停下来，站在黄河边上，发出了一声千古慨叹：

"美哉水，洋洋乎！丘之不济此，命也夫！"

孔子既然没有上过太行山，更没有到过晋城，项橐也不是晋城人，那么晋城人为什么弄了个"孔子回车"呢？

两千余年，中国封建社会尊崇儒术，儒家独霸政坛和文坛，为什么晋城人可以弄那么个景点"诋毁"孔子、"毁谤"儒家？

站在孔子回车处，久久地，我怎么也解不开这个谜。

澳门的云

初识澳门，是从中学课本上开始的。课本上的文字很简洁，也很笼统，既不能震撼人的心灵，也不能激发人的情感。对澳门真正的情感是读了闻一多先生的《七子之歌》才产生的：

> 那三百年来梦寐不忘的生母啊！
> 请叫儿的乳名，叫我一声"澳门"！
> 母亲！我要回来，母亲！

这是令人感到疼痛的文字，是揪心的文字！

仿佛听见我的小弟在一遍又一遍地呼叫，悲怆、凄楚。

我的小弟是在他一岁半的时候被人家抱走的。他被抱走的那一天，就像从每个人身上割走了一块肉，个个疼得揪心。

因为家里太穷，从出生到被人抱走，小弟从没有吃过一回母亲的奶。母亲是病弱的，母亲的奶穗干干的，就像一枚干瘪的小枣，实在挤不出一滴奶水，小弟一出生就只吃一种高粱面糊。到一岁半时，他的小脑袋还是像小小的、干干的、黑黑的、风干了的瓜蒌一样，细瘦的脖子仿佛随时都会断掉，小脑袋也随时都会掉下来。父亲决定把小弟送人的时候，我们全家人都在流泪。要不是连高粱面糊也没有了，父亲是不会作出那个决定的。

　　澳门，不也是在苦难时代被迫离开母亲襁褓的一个苦命儿吗？他与我的小弟是一样的苦命，是一样被母亲送给人家的，但却又都是母亲极不情愿的。而且，母亲也都是羸弱的母亲啊！澳门就更惨了，她是被人掳去的，自然要比我的小弟更苦。"母亲！我要回来，母亲！"那哀哀的呼唤声让我更能体会撕心裂肺是怎样的一种疼痛。然而，那风号雨泣一样的呼唤声，那嘶哑的呼唤声，却被那狂妄的海风吹走了，被那汹涌着的海涛淹没了、吞噬了。未曾有过割股之痛，绝难体会到挖肉是怎样的一种痛楚；未曾失过手足的人，绝难体会到生离死别是怎样的揪心。远去的澳门呀，那个时候，太像一个柔弱孤单的小女孩儿了，太像一叶扁舟了，然而一去竟是一百余载！祖国，母亲，兄弟，我们的澳门，国难家难总是一样的，国愁家愁总是一样的。感情无论怎样升华，品质依然是一样的。每每痛甚，便念咏闻先生的《七子之歌》，"以抒其孤苦亡告，眷怀祖国之哀忧"。

　　母亲说，我的小弟被人抱走时，天空是有一片白云跟着的。母亲说，那白云就罩着我小弟的命运。每当天空中有一片白云飘过时，母亲总是深情地望着、望着，容光便焕发着。母亲一生都望着那白云自慰。每当白云变作乌云的时候，母亲便潸然泪下，什么也不说，神情总是那么黯然。我们问她什么，她总是摇头。有谁能体会到做母亲的心呢？

　　所喜的是，祖国并不像我的母亲那样无奈，澳门也不像我的小弟那样不幸。

　　1999 年 12 月 20 日，只要有那么一点情愫的人都不会无动于衷。国人都在欢欣鼓舞，我的血自然也是激荡着的。爱不是无缘无故的，这话的确没错。我想像迎接我的小弟一样去迎接我们的澳门。但是，我不能去到现场，我只能在我的南楼凭窗远眺。那个时候，我就只想有一片白云飘过我的窗口。"浮云何洋洋，愿因通我辞。飘摇不可寄，徙倚徒相思。"徐干的诗是有那么点意思，但我的心里韫存的却并不仅仅是一点诗意。不过说也奇怪，片刻，的确就有一片白云从南方飘过来。我仰望长天轻轻地舒了口气，想，难道人世间真有化元神明吗？那云不是一片，是一朵。白白的，一朵，继而又一朵。蓝蓝的天像一湖水，白白的云一朵接着一朵，像绽开的荷，像一湖白白的荷，隐约带着荷的清香，带着荷的异馥。荷不是用来做佛陀的宝座吗？那这云一定带着澳门人的吉祥、如意与欢欣，带着澳门人的祝福与祈愿。那时候我便断定，一百年前我们的澳门一定是带了白云去的。要不，一叶扁舟，怎么能够在那波涛汹涌的海上生存下来呢？那海呀，那海上的乌云，那劲烈的海风，多么想把那条小小的船儿移送他乡啊！然而，像撼不动我们的山岳一样，海浪同样也撼不动我们的那小小的扁舟。那横冲直撞、咆哮着的巨浪，借了乌云与海风的余威在我们的南海大发淫威，魔鬼一般高高地耸起而后訇然扑倒，它恨不得把那小小的扁舟一头撞碎。然而，所有的伎俩都是徒劳的，都是可怜无补费精神的。那海浪哪里知道，澳门虽然泊在海中，海中的石头却与大陆相连。古人说石为云根，倘无山石相连，白云又从何处升起呢？

那一天，我只能移座书斋，通过网络看澳门。看依然焕发着神采的妈祖神像，看气派的大三巴牌坊，看庄严的国父纪念馆，看风情别样的黑沙海滩，看玫瑰圣母堂和马礼逊教堂，看美丽的卢廉若公园和螺丝山公园，看正气凛然的林则徐纪念馆和充满智慧的普济禅院，看松山上满山树木苍翠欲滴……

那是我第一次游澳门。虽然是在网上游，但我也激动，也陶醉。然而，却难能解郁。

不知费了多少心思，我算终于能够亲密接触一回澳门了。在澳门主要购物区殷皇子大马路、新马路、水坑尾街和白马行一带徜徉了半天。珠宝金饰、古董文玩、工艺品、首饰、海味药材，我哪一样都想买一点，但我最终却只买了一点海味肉干。也许是我饿了想吃点什么。吃点什么呢？珍珠鱼翅、玉兔海参、樱橘哈士蟆、蟹粉狮子头、武林熬鸭、问政山笋、茶叶熏鸡、明珠酥鲍，光看名字就让人垂涎三尺，我却只选择了鼎湖上素。原因是它的原料特别，有香菇、蘑菇、草菇、银耳、榆耳、黄耳、桂花耳、竹荪、鲜莲子、白菌、豆芽、笋，不但食材全是蔬菜，做法也精细得不得了。要将不同的原料先做不同的处理，要焯，要煨，要炖，要焖。将炖或焯过的香菇、蘑菇、草菇与榆耳、黄耳、竹荪、鲜莲子、笋花、白菌等一起入锅，加调味，焖透，用净布吸去水分，取大汤碗一个，将白菌、香菇、竹荪、草菇、黄耳、鲜莲子、蘑菇、笋花、榆耳从碗底向上依次排好，把碗覆在碟上，呈层次分明的山形；用料酒、素上汤、芝麻油、白糖、酱油、味精、湿马蹄淀粉入锅烹成芡汁，淋在碟中；将桂花耳放在"山"顶的中间，银耳放在"腰围"，菜心、绿豆芽依次由里向外镶边，再将剩余芡汁浇在桂花耳、银耳上。吃起来真是清香爽口，感觉恍然入梦。之外，再吃点杏仁饼、蛋卷、水饺云吞。即使这样吃，别人也只会说你是美食家，而绝不会说你是一个饕餮之徒。之后，到新口岸的帝景苑区再喝一碗青菜汤。那是用马铃薯泥、葡式腊肠、生菜、橄榄油一起熬制而成的，色彩典雅，鲜嫩滑爽，风味独特，是一道很有特色的葡式菜。喝上一碗，不光觉得不虚此行，也不虚此生。

吃饱了也喝足了，我想随意走走，不觉就走进了澳门之夜，正是"海上生明月，天涯共此时"的好时候。海天之间一轮明月，旁边一条白白的云带如少女的裙裾，使澳门的夜色显得恬适而温柔，不光让人神迷，也让人心醉。

才醉着，不觉就走近了葡京赌场。门外的守卫穿着葡萄牙传统的黑裤子红背心。在附近四处闲逛的放高利贷者戴着粗粗的金链子。对此，我有点望而生畏。我知道，没有资本是不敢走进去的，有资本没有胆量也是不敢走进去的。除了资本和胆量，我还有自己固有的文化传统和心理习惯，一旦走进去，我怕自己会发生质的变化。我是保守的、顽固的，总记着"宁可抱香枝上老，不随黄叶舞秋风"。

但再想想，为什么不敢经长风吹上一吹呢？不敢与狼共舞不永远是个怕狼的人吗？

矛盾了半天，我终于战胜了自己，便壮着胆走进去。

场内的钟声、电子音乐及硬币撞击金属盘的声音，交织出只有在赌场才能听到的典型乐章。楼层越高，赌额便越大。一群一群的人，一直在轮盘上打转，也有赌客目不转睛地坐在角落里的老虎机前得意忘形。

浓妆艳抹的女人赌得尤其狠，每次下注都面不改色。

看着看着，我只觉得眼睛发蒙，两脚发软，恍惚如梦中。

梦醒之后，我望了望天空，天空正有一片白白的云，我不由轻轻地说了一声："哦，澳门的云……"

阿　　凤

阿凤是导游，祖籍广东，爷爷讨生活到了马来西亚，阿凤便成了马来西亚籍的华人。爷爷早已经长眠在马来西亚的棕榈树下，奶奶还健在，身子骨很健朗，已经96岁了，还常常串门、打牌，与同乡人一起嘻嘻哈哈忆古。

阿凤在台湾读的大学，学的是会计专业。学会计不做会计却做导游，做导游好吗？有丈夫，有子女，有别墅，有保姆，有自己的公司，却颠颠簸簸地做导游，何必呢？是受利益的驱动吗？是因自己的兴趣爱好吗？阿凤没说，我们自然不能够知道。

我说阿凤是个现代女子，是只有走近马六甲海峡，看海波涌荡，感受海风轻沐时，才能体会到的那一种现代。

我说阿凤是古典的，是只有在阅读中国古典诗词的时候，只有在阅读《关雎》的时候，才能感受到的那一种古典。

阿凤穿短袖，蜡染的大红花色显得热情而奔放。阿凤谈吐是很有智慧的，眸间稍稍有一点黠慧，有一点幽默。阿凤是很会笑的，见游人旅途委顿，便不时说出谑语以除游人的疲乏。

阿凤贤淑端庄，短发掩耳，黑黑亮亮的，很传统，很本色。是中国式的传统，中国式的本色。不像国内有些男孩子女孩子，学不了比邻的文化精神及其本质的东西，甚至连德先生、赛先生都不知为谁，却以为头发染黄了、染金红色了，就洋气了，就现代了，就自由了。把自己多么美好的传统节日统统弃之若烟尘，却天天巴望着过别人的节。这不禁又让人想起一位商人的故事来。商人偶宿庙中，和尚趁他睡着时给他剃了个光头，换了他的衣服，窃了他的财物，逃走了。商人醒来不见和尚，摸摸头是光的，看看衣服也成了袈裟，便不禁愕然叫道："咦！和尚在哪，我去哪了？"世间最可悲的是连自己都找不着了的人。

　　阿凤似乎永远不会忘记自己是从哪里来又要到哪里去的。阿凤讲中文，而且是很讲究的。比如说农田里烧稻草飘过来的烟，她不说"烟"或者"烟雾"，她说"烟霾"。即使身处异域，她也不忘记提升自己的母语。她不想让自己的中文在他人面前显得贫乏而枯燥。在旅途中，她与我们讨论汉字的几种写法，问这个字怎么写，那个字怎么读，那个字怎么解释。阿凤对汉字的兴趣，对汉字的向往，很容易让人想起那一首古诗："君自故乡来，应知故乡事。来时绮窗前，寒梅著花未？"即有所得，阿凤就咯咯地笑。阿凤笑时，我邻座的女孩却低着头抹泪，我不知道她是感动还是惭愧。

　　阿凤是厚道的。我曾见过一个自称"小龟子"的导游，她最看重的是钱，用尽心机索诈游人和钱到了恨不得探囊自取的地步。为了一点钱，她不惜露出她的饿相和卑劣相。不过想想，似乎又不怨她。生活在一个只认钱的世界里，你还能要她怎么样呢？然而也是在这个时代，阿凤却说，带游人去商店购物是各国旅游活动中都有的项目，她是无奈的。她又坦诚地告诉游人说，虽属无奈，却也并不能免俗。游人购物越多，她收入当然越多，自己又不是抢人家的，何乐而不为呢？只是，当游客从商店出来时，阿凤从没变脸变色叨絮游客购物多了或者少了。无论游人买多少东西，她总是笑得那么平和。阿凤也为司机卖纪念品。大概为了阿凤那份优雅，拿钱买一份的人自然不少。当然，也有不买的，也有买半份的。按说买半份是不给优惠的，出乎意料的是，阿凤却让两个买半份的合并成一份，既优惠，又赠送。非敲诈亦非骗局，能把已经攥到手里的钱退还给游人，多数人怕是难做到的，但阿凤却做到了。面对阿凤，我竟有些疑惑了。我不知道阿凤身上潜藏的是一种天性还是一种文化品质。

阿凤是朴实的。即使告诉你什么，也只是如诉家常，一点也不卖弄不显摆。在娓娓叙述之间，她不仅告诉你那里的风景如何好，还告诉你那里的风景为何那样好。阿凤是在你不知不觉中，把政治、经济、文化、历史、传说、风俗、人情与风光一块儿打了包给你的。由于授受方式不同，我想，你对世界的理解也会大不一样。

阿凤是多情的。她非常热爱自己生活着的那片土地。从公元初的羯荼、狼牙修古国到1957年马来西亚独立，从首都吉隆坡到普特拉贾亚，从双子塔到马来西亚前首相马哈蒂尔，她讲啊讲，讲热带雨林，讲橡胶，讲油棕树，讲胡椒、可可、菠萝蜜、石油、锡和热带硬木。无论讲到哪一样，她总是满含深情。遇到路边树上挂有果子时，她会惊喜地叫起来："噢！快看快看，那就是芒果！芒果！"仿佛连她都没有见过芒果似的。她真的像一枝当地人称作"班加拉亚"的朱槿花，朱槿花是马来西亚的国花，马来西亚人民常用红彤彤的朱槿花来比喻他们热爱祖国的烈火般的激情。

阿凤讲得最多的是马来西亚前首相马哈蒂尔。在马哈蒂尔执政的20多年里，他常常以"恨铁不成钢"的心态敦促人民勤奋自勉，要求人民在信奉宗教的同时，要并行不悖地学习现代科学知识，以便赶上先进的西方世界。马来西亚能在短时期内从一个出口木材和橡胶的落后国转变成一个生产和出口电子产品的现代经济体，是马哈蒂尔领导的结果。可以说，没有马哈蒂尔，就不可能有马来西亚今日的繁荣和活力。作为一个拥有多元种族和多元文化的国家，马来西亚社会在过去几十年里保持了持续的和谐与稳定，各民族和睦共处，尊重彼此的文化与习俗，是马哈蒂尔最伟大的成就之一。在威望和权力基础依然稳固的时候，马哈蒂尔急流勇退，完成了权力的和平交接，可以说又是马哈蒂尔的一个明智之举。

云顶山云壑杳渺，林海苍茫。按照旅程安排，阿凤不得不乘六公里半的缆车把游人送上海拔 2200 米高的亚洲第二大赌城。说不得不，我想她是勉强的。送我们这样的人去那样的地方，似有点儿忍痛。她约略讲了些走进赌城须知的话，又简约地告诉我们怎么投注才有可能赢，并祝愿我们下山时能够发财。她讲那一番话的时候，笑声依然是爽朗的，然而，我却发现有那么一点点像云翳一样的忧郁掠过她的眼角。透过车窗，望一眼云雾缭绕的云顶山，阿凤向我们回答了一个并不怎么难以回答的问题：林木苍茫的群山中能崛起一座城市，谁投资呀？"还用问吗？当然是云顶山主林梧桐林老板嘛！"说完，她笑了，是淡淡的一笑。接下来，众人也笑了，是会意的一笑。谁也没有再说什么，但谁心中都明白：只要你上山，你就是云顶山的一个投资者。那是一个委婉的告诫，殷殷之心，良善可知。

阿凤已经过 40 岁了，却像一首典雅的金曲，正踏着深绿色季节的旋律，走向她人生的又一个高峰。虽然经历了繁多，但她知道年月并不能带走什么，青春永驻需要一颗永远不认输、永远积极进取的年轻的心，这样的心只有阿凤这样的女人才有。

夜里落了一场雨。清晨，我们该离境了。站在马来西亚的关口，阿凤不停地向我们挥手。车子渐渐远去的时候，我又回过头去望阿凤。阿凤静静地站在那边，依然在缓缓地挥手。而且，仿佛在默诵王昌龄的《芙蓉楼送辛渐》："寒雨连江夜入吴，平明送客楚山孤。洛阳亲友如相问，一片冰心在玉壶。"

风雪中的爱

故事发生在 2006 年冬季。美国著名信息科技网站的高级网络编辑詹姆斯·金与妻子带着两个女儿，在波特兰市度假后，准备返回旧金山。

11 月 25 日晚上，一家人在位于俄勒冈州中部的罗斯伯格市用完晚餐后，踏上了回家的路。当汽车经过俄勒冈州边界的时候，詹姆斯错过了 42 号公路入口。驶入一个山口两个小时之后，他已经沿着山路爬到了海拔 2300 米的高度。猛烈的暴风雪，把詹姆斯一家困在了风雪狂暴的崇山峻岭中，原本就人迹罕至的山路此时更没有任何车辆经过。他们试图用手机与外界联系，却没有信号。为了不让妻女们受冻，詹姆斯把该烧的东西都烧了。

12 月 2 日上午，当詹姆斯在烧掉最后一个备用轮胎后，他沉默了一会儿，对妻子凯蒂说："亲爱的，我必须走出去寻找救援。"

凯蒂流着眼泪说："请你不要离开我，要不然我可能永远见不到你了，我们就是死也要死在一起。"

看到这里，我为詹姆斯的决定感到震惊。

在零下 15 摄氏度的暴风雪中，穿着单薄的衣服到一个未知的地方寻找救援，并不是所有的人都能够有这样的勇气，也不是所有的人都能有这样的信心。然而，詹姆斯却毅然决定这样做。因为他知道，如果他不出去，对他的妻子、对他的两个女儿意味着什么。当然，他更清楚，这样做对他自己意味着什么。

最终，这位伟大的丈夫、父亲，还是毅然吻别了妻子和女儿，渐渐从泪汪汪的凯蒂的视线中消失了。

时间过去了整整一天一夜，暴风雪已经严重到无法继续搜寻的程度。寻找这家人的贝利克队长首先发现了一条男式牛仔裤，那是詹姆斯的牛仔裤。随后，詹姆斯更多的衣物在路旁被陆续发现。这个发现让搜索队激动万分，但是也惊讶到了极点：在这样一种几乎无法形容的寒冷的天气中，他难道不知道这将更快地让他走向死亡吗？搜索队在一件衬衫的口袋里找到了答案。那是詹姆斯写的一张纸条："快！她们在东南方向的山腰上！"这，便是詹姆斯的回答。

在终于获救的那一刻，凯蒂放声大哭。贝利克队长心情沉重地告诉她，詹姆斯至今没有消息。

12个小时之后，搜索队终于找到了詹姆斯的遗体。令人动容的是，他竟然全身赤裸俯卧在地上，头依然抬起来看着前方。实际上，在他生命的最后两天，他凭着顽强的毅力在雪地上徒步行走了49公里，其中有24.5公里是荒芜的险峻峡谷。他走过了厚厚的积雪，曾在一条布满岩石和残木的溪涧中爬行，并穿过了稠密的灌木丛，甚至还穿过了一摊冰水。这位被饥寒折磨了一个多星期的父亲，独自一人在冰天雪地中摸索了两天，当他没有找到救援队伍时，甘愿牺牲自己的性命，来换取家人生存的希望……

这是一个关于爱的故事，这是一个关于爱的话题。

在詹姆斯身上，人们看到了他那伟大的父爱以及对凯蒂深沉的情感。我们也可以看到凯蒂对詹姆斯的爱，对女儿们的爱，以及詹姆斯父亲对儿子一家人的爱。我们还可以看到搜索队员的爱。爱，在这个故事里体现得淋漓尽致。因为爱，单位的同事才着急地到处打电话给詹姆斯的家人，如果没有爱，死去的就不只是詹姆斯一个人了，他的妻子与女儿一定也会死于非命。因为爱，才让詹姆斯懂得了责任，他才会在零下15 摄氏度的暴风雪中，穿着单薄的衣服，到一个未知的地方寻找救援，他宁肯牺牲自己的生命，也必须为自己深爱的妻子和女儿寻找生机。因为爱，才让凯蒂懂得了坚持，她才会克服饥饿、寒冷以及孤独，守着自己心中的信念，等待詹姆斯的归来。因为爱，詹姆斯的父亲才不惜倾家荡产寻找儿子一家。他知道，与儿子一家的安危相比，财富简直不值一提。因为爱，才让搜索队员们倍加焦急；因为爱，贝利克队长才决定参加夜间的搜寻计划，才有勇气不顾风暴雪狂，驾着直升机在崇山峻岭之中超低空飞行。搜索队员们都知道，在恶劣的天气下，时间就是生命，再苦再累他们也要坚持寻找……

一个人的生死在浩大的自然面前显得那么微不足道，但是正是因为爱，詹姆斯在临死前才不孤独，才会全身赤裸俯卧在地上，头却依然抬起来看着前方。我们相信，他的灵魂会因为爱而有所寄托。正是因为这些弥漫在暴风雪中的爱，才使得寒冷的冬夜并不那么冷酷，即使风暴雪狂，也显得有些苍白无力。

说到这里，不禁让我想到了 2007 年冬季中国大地上的那场冰雪之灾。当暴风雪在祖国的南方大地肆虐横行的时候，一些地方的交通、电力等陷入了瘫痪状态，人民处于危难之中。然而我们的人民却没有因为风雪的肆虐而感到寒冷、孤独、绝望。因为全国人民都把目光投向了灾区，向灾区伸出了援助之手。爱，弥漫了冰雪灾区。虽然暴风雪给南方带来了百年不遇的灾害，但是因为有爱，中国人民团结一心，成功地抗击了灾害。爱所到之处，是没有什么苦难可以阻挡的。正是因为爱，才让人类繁衍生息，代代存续；正是因为爱，世界才充满希望，充满阳光；正是因为爱，人类才战胜了一次又一次灾难。

爱的力量是世界上最伟大的力量，爱的力量是无穷的，爱是不可战胜的。

　　爱给世界以温暖，爱给世界以生机。因为有爱，世间才更加美好。爱，是人类永恒的主题。程琳主任在推荐这篇稿子的时候，写了这样一段话："谨向大家推荐此篇《弥漫在暴风雪中的爱》，借此为构建和谐开发区尽一点'纳米之力'！"这段话说明，爱可以打动每一个人，爱是构建和谐社会最大的驱动力。韦唯在唱《爱的奉献》时，也是饱含着深情的，她用歌声告诉世人：只要人人都献出一份爱，这世界就会变成一个美好的人间。

　　什么是美好的人间？

　　毫无疑问，充满爱，充满温情，处处和谐，这样的世界肯定就是一个美好的人间。

　　把《弥漫在暴风雪中的爱》写在风雪中，写成了一支歌。

日照煎饼

一

我原以为日照煎饼仅仅只是一缕乡间烟火，没想到在日照，煎饼居然一日三餐都会被端陈在天德国际大酒店的餐桌上。

我原以为远方来客唯有我喜欢日照煎饼，没想到江南塞北以至京城来的各位，一见到日照煎饼都会置山珍海鲜于不顾，抢先把煎饼来一个风卷残云。

日照煎饼的样子很像一卷古书，无论翻开哪一页哪一个章节，岁月的风尘中堆积的都是风流文字，涵濡着日月光华，带着几分仙气，质感而实韧，灵虚而飘逸。

日照煎饼曾经走入晋代的《述征记》，徜徉于唐代的《唐六典》，辽代的《岁时杂仪》称之为"薰天"。

好浪漫的"薰天"，是不是有一点豪气干云？

夹着人间烟火，行走在中国古人的字里行间，蹚过袁枚的墨池，踯躅在蒲松龄的笔下。

——"薄若蝉翼，大若茶盘，柔腻绝伦。"

——"味松酥而爽口，香四散而远飘。"

这分别是袁枚和蒲松龄给日照煎饼的赞誉，《山东文献》也说：

"黄鲫子鱼卷煎饼，为日照食品之一绝。"

日照煎饼并非"单打独斗"，它携手泰安煎饼、沂蒙煎饼、楼德煎饼、曲阜煎饼、西河煎饼，完成了一柱擎天的山东煎饼。而日照煎饼以其品质，做了山东煎饼的排头兵。在日照天德国际大酒店的餐桌上，作为山东煎饼的代表，日照煎饼也引得我诗兴陡发，我便为日照煎饼填了一阕《渔歌子》：

> 石臼捣碎玛瑙黄，佛手拈来琥珀光。大盘鳌，米糊浆，村
> 姑指上四海香。

二

日照煎饼香飘四海，形如荷叶，芬如荷花，柔嫩如春芽。我这样说，可不只是毫无根据的形容，日照煎饼是实实在在的人间烟火，既可以卷上肉吃，也可以卷上菜吃；既可以卷野菜吃，也可以卷咸菜吃。即使什么肉什么菜也不卷，干嚼一张煎饼也能充饥，而且食后还特别耐饿。因此，日照煎饼可以居家度日，也可以出远门时作干粮。鼓鼓囊囊背上一布袋，走过四季，走遍天涯，不怕馊，不怕霉，不怕冷，不怕冻，就着北风可以吃，就着冰雪可以吃，有汤有水可以吃，卷一根大葱也可以吃。走一路，吃一路，香一路。

千古的岁月，千年的日照，日照几乎到处都在嚼煎饼。嚼出了山东汉子，也嚼出了流芳千古的日照贤人。沈庄的书案上，嚼出了一个"形在江海之上，心存魏阙之下"的刘勰，嚼出了一部光耀千古的《文心雕龙》；五莲山前，嚼出了策马射虎的苏东坡，嚼出了千古绝唱《江城子·密州出猎》；五宅寒窗下，嚼出了获得诺贝尔奖的物理学家丁肇中……齐鲁大地，泰山脚下，无处不在嚼煎饼，嚼出了孔子、孟子、孙子、荀子、

王粲、孔融、左思、储光羲、辛弃疾、李清照……煎饼如月，众星拱之，灿烂了古老中国文化的历史空间。

风雪中，扛上煎饼闯关东，闯出了多少传奇人物和英雄故事；烽火中，背上煎饼上战场，打败了日本侵略者，夺得了抗战胜利；烈日下，揣上煎饼去种田，肥了谷子，胖了玉米；春风里，扛上煎饼去打工，打出了一个新时代……

把一张日照煎饼折叠起来，像一本厚厚的《日照志》，书写着日照的地理、人文、历史和风物。

把一张日照煎饼折叠起来，像一本薄薄的册页，无论翻开哪一页，都书写着日照人的苦难、悲慨、奋进和业绩，书写着日照人的勇毅、坚定，以及对新事物、新世界的憧憬和追求。

三

我虽然是山右人，却喜欢吃山左的日照煎饼。

说起来也是一种缘分。我认识的小闫就是日照人，是在给我家装修时认识的。小闫从老家带了好多煎饼，我请他吃我的小米稠饭，他请我吃他的日照煎饼。小闫的日照煎饼不止一种味道，原味煎饼有一点微酸略甜的感觉，放了椒盐的煎饼有一种椒香。吃了几回，我就上瘾了，时不时去他晚宿的工棚里吃煎饼。

有一天，我又到小闫的工棚去和他要煎饼吃，他摊一摊双手告诉我，煎饼吃完了。但是在一个下雨天，我去看小闫，却见他手里拿着一张煎饼。我很惊讶，我问小闫：“你不是说煎饼吃光了吗？不给我吃，你却独自享受！”

小闫抬起头对我惨然一笑，只是摇了摇头，什么也没说。之后我才知道，小闫的包裹里永远藏着一张煎饼，等于他珍藏的一封家书。那时候还没有手机哦。

我理解了小闫，也理解了日照煎饼。日照煎饼不仅是日照人的食粮，也是日照人的精神寄托，还是日照人羁泊中的乡愁。无论走到哪里，身边只要有一张煎饼，就如同有了一封家书，就可以"遥怜长安小儿女"，就可以"凭君传语报平安"，就可以"遥寄山东兄弟"，就不愁"萧萧微雨闻孤馆"，就不怕"熏透愁人千里梦"，就不怕"马上离愁三万里"……

四

日照煎饼说起来简单朴实，其实也娇艳。用小米、玉米烙出来的日照煎饼，像一张圆圆的金箔，像早晨从日照海边升起的一轮旭日；用大米、小麦烙出来的日照煎饼，如玉鉴一般光润莹洁，像中秋的明月；用大豆、花生烙出来的日照煎饼，颜如冰绡；用地瓜干、高粱、荞麦、栗子面做成的日照煎饼，色如水缥。把不同颜色的煎饼晾在一条绳儿上，水绿、品红、杏黄……像刚刚从染缸里淘出来的色彩缤纷的红缯、紫绡、锦笺、纨绮，水晶晶，玉盈盈，让人眼花缭乱，误以为走进了神宫仙苑。

我曾经走过日照的乡村，虽然记不起来是三庄镇还是岚山头街道，但那一幅美丽的《农家小院煎饼图》，让我回忆起来总是感动。为了千里万里行走的男人，小院子里的女人们怀着千里万里的情思，揣着一肚子的爱，把粮食磨成面糊，在场院围子里支几块砖头，放一盘鏊子，抓一把柴火，火焰一燎，就是一张煎饼。

当那个系魂梦于煎饼的女子，从鏊子上，从青烟里，挑起一张圆圆的大煎饼时，就像袅袅青烟里升起来一轮皓月，我不由得想起李白的《关山月》："明月出天山，苍茫云海间……"

晋城米淇

　　米淇在晋城是再普通不过的一样家常饭，也是晋城人最喜欢的一样家常饭。

　　晋城的家常饭花样最多最复杂，其原因有二：一是烧煤方便，兰花香煤遍地是，填上煤，续上炭，一天一夜煮不熟的东西可以继续煮，连煮三天三夜，火焰不但不熄还愈烧愈旺愈显精神。二是杂粮多，光是豆类你就数不清。到了秋天，这里晒一摊摊，那里晒一摊摊，席子、畚箕、笆箩、筚子，都成了晒五谷杂粮的家伙儿，廊脚、窗台、捶布石上也都晒的是。有时一张席子上就晒好几种，黄谷、白黍、红粟、绿豆、白豆、红皮小豆、绿皮小豆，就像山里的姑娘出门去赶会穿的衣裳，五颜六色，花红柳绿。"五谷丰登"只有在我们晋城才有真正的全景式展示。

　　有了以上这两个条件，吃饭就好花样翻新。一天三顿不重样，重了，不是说媳妇笨，就是说媳妇懒。就是一顿饭，也是一定要讲究一个花式花样的。那花式中也有说不尽的技巧与艺术。当然，要说吃的艺术，自然不敢与梁实秋先生的雅舍谈吃比。梁先生是在雅舍谈吃，那吃的固然也就雅了许多。我要说的米淇，是真正的人间烟火。不过，说是烟火食，别的地方却又没有，别的地方没有做米淇的条件，别的地方的女人也做不出来米淇。

米淇的主要原料自然是米，是小米。也有用大米的，但用大米就不叫米淇了，叫大米面叶，面也不会切得那么细，宽宽的，像柳叶，也叫柳叶面。

做米淇时要把握好下米的时机，冷水下米稀汤寡水，容易失去固有的米香，开水下米难以保持黄金一样的本色。米多了，米淇太稠，酱一样，不好吃，晋城人叫"捣一骨朵"。米少了，米淇又太稀，连味道都不正了。米淇的稀稠，一定要把握一个"融"字，"融融的"。下米的时候，同时也要放上一把豆子，白豆就行，大白豆更好，以绿皮茶豆为上品。水开了的时候才可以放菜。土豆或老南瓜要切成块，白萝卜要切成条，红萝卜要切成丝，豆荚则要折成段儿。红萝卜丝且慢些放，干金针早点放，鲜金针到端锅时与红萝卜丝一起放。熬米的时候，先适当放些姜末，放够盐，熬着熬着，远远就会闻得见有米香菜香熬出来了。

等米熬出香味来，开始擀面，三合面最好。白面、豆面、高粱面三样，没多少说头，只是口感好，也香。母亲常常说："擀薄切细，掌锅有利。"听起来似乎是过家之道，其实也不尽然。

等米汤熬融时，下面。面滚三滚，吃到肚里安稳。煮过了火，烂不拉几的，不好吃。煮的时间短了，吃着硬爪爪的，还有一股豆生味。端锅时放红萝卜丝或菠菜叶，放芫荽，调味也调色。味能从嗅觉上引人食欲，色能从视觉上引人食欲。等到端下锅时，将铁勺放在火上，烘点油，烘几颗花椒。如果能烘点姜，烘几瓣蒜，或烘一点葱花，那是最好不过了。最好最鲜最出味的是野地里的小蒜。这几样东西可以只要一样，也可以都有。等勺子里的调料烘出香味时，趁油的热度高，把备好的醋倒在勺子里，然后将勺子猛一下放到米淇锅里，只听"出溜"一声响，立刻盖上锅盖，这叫醋熘米淇。这时候，米淇算是做成了。香味醇厚，色泽奔放。

比如，放醋的米淇叫醋熘米淇，放酸菜的米淇叫酸菜调和米淇，放大豆的叫茶豆米淇，将米炒了的叫炒米羹米淇，味道都是不一样的。醋熘米淇吃起来总有一股浓浓的化不开的乡土味，酸菜米淇让人深深感觉到的是岁月的苍凉。把米炒成米花儿，在热锅里放点水醋熘一下，那是香米茶饭，是用来献奶奶的，是过平常的初一十五的一种最普通的献供。献罢奶奶，就用来做米淇。不知道是因为米炒过，还是因为献过奶奶，炒米羹米淇吃起来真香，一品香。

米淇虽然是一种最常见的家常饭，最能吃杂好，却也最富贵，既可以放野菜，也可以放高级菜蔬。灰灰菜可以，苕菜苗也可以，搭搭谷也可以。蘑菇、木耳、金针、海带、猴头、燕窝，只要有，只管放。记得有一回母亲病了，她让我去下米，我弄错了，错下了一盒芝麻。等到吃饭时，天黑，又没灯，父亲吃一口咂咂嘴："怎么了？这么香！"等点了棒儿一照，呀！老天爷，老天爷也未必吃过呢！

说米淇贫寒，米淇却也真耐得住。一大锅水，一小把米，搓几根高粱疙条，淘一碗酸菜，或一把灰灰菜，或一掬柳梗儿，放几颗盐。倘若有谁说不好吃，母亲就说："不好吃？只是不饥。有饭送给饥人，有话送给知人。"这话我后来才懂得，是因为我知道饥不择食是怎么回事。

不过，不管怎么样，母亲总是要想尽办法把米淇做出好颜色、好味道来的。比如摘一朵瓜花，掐一把金针，黄黄的颜色就有了；切一把萝卜缨，绿颜色也有了；切一把红萝卜丝，红颜色也有了。

当然，母亲再巧，也难为无米之炊。不过，即便饭再稀，再清汤寡水，即使是五味齐缺，父亲也从没有说过母亲做的米淇不好吃。父亲常常是端起碗来大大地嘬溜两口，就说，嗯，好吃！倘若有谁说父亲天生吃米淇的命，父亲就只是笑一笑说，家常饭嘛，养人。

是的，米淇养人。女人的温柔就是米淇养出来的，男人的刚强也是米淇养出来的。

女人吃米淇喜欢用小碗，或一粒豆子，或一块土豆，或一两穗三合面，两根筷子轻轻一夹，一点这，一点那，一点一点吃。说是吃，又像在品滋味。有时，即使是一根面或一块土豆，也不一下全放到嘴里，先咬一点，品一品，像是初品。再咬一点，品一品，像是复制品。不过，即使在过去的时代，除了有权有钱的闲人，一般男人都不太同意女人那么细的吃法，说太费时间太误事。女人却说，不。女人说，女人就应该有女人的样子，有女人的举止，女人的做派。女人吃饭就应如"凤戏牡丹"。

　　我总怀疑女人的心思根本就不在吃饭上，而是在做样子。不管怎么样，总是要讲究女人温柔的仪态。我讲的是一贯喜欢吃米淇的晋城女人，晋城女人吃米淇吃出来的都是温柔。晋城女人总是用她吃米淇吃出来的温柔去滋养她的男人，滋润男人的刚强与力气。男人虽然有的是刚强和力气，但倘若没有女人用米淇与温柔滋养，那刚强与力气便会很脆弱，便会经不起困难与挫折，经不起岁月与风雨，耐不住孤独与寂寞。倘若问女人为什么要用米淇与温柔去滋养男人，女人是回答不上来的，因为吃米淇的女人压根就没有什么目的。女人的心里只有爱。

　　晋城男人与女人吃米淇的吃法不一样，男人吃米淇用缸碗，舀上一大缸碗，蹲到大门口，两根筷子一起拨拉，南瓜、豆荚、小米、面条等一起吃，是风卷残云般。看似不品滋味，他们却知道自己的女人做的米淇香。他们都相信自己的女人，相信自己的女人是在用心给自己做米淇。不管饭做得怎么样，首先他敢肯定他的女人是用心做的。女人的心就在他端的大缸碗里，就在他吃的米淇里。女人大都喜欢男人那样的吃法，说："男人吃饭，猛虎下山，能吃就能干。"女人说着，就站在大门底下，靠着大门欣赏男人的"猛虎下山"式吃法。如"猛虎下山"的男人让女人舒心，让女人有安全感，让家庭融洽。

　　男人吃三大缸碗米淇，展一展腰，百把斤的一布袋粮食就能掇起来扔到膀子上。那时候女人就笑了，笑得很温柔。

　　女人用米淇与温柔滋养男人，男人用刚强与力气滋养女人。倘若问男人为什么要滋养女人，男人们的回答很果断。男人会说："那是责任。"

　　男人说得对，男人就是责任。

茶、咖啡及酒

我的家乡自古以来就没有饮茶的习惯，很多人甚至不知道茶为何物。待客也不兴用茶，只喝白开水。待贵客，比如新女婿、新媳妇，也只放一点儿红糖在大碗里，拿筷子搅上一搅，水就有了颜色，似乎也是茶色，但喝起来既没有茶的味道，也没有糖的味道。

是的，我对"茶"有很深的记忆，那是我们自己的"茶"，即我们所说的"粥"。而且不是小米粥。用小米煮的粥，稀一点的，我们叫米汤；稠一点的，我们叫稠饭；介于米汤与稠饭之间的，我们叫"稀煮"，实际上也是粥。

茶，是用玉米面、高粱面或者糠面做原料，把玉米面、高粱面或者糠面撒到锅里煮成的稀饭，虽然同属粥系，但我们叫它"糊涂"，最体面的叫法是"茶"。

其实，"糊涂"也不统统叫"茶"，比如用小米煮的粥，也叫"糊涂"，但不叫"茶"。

"茶"在我们乡间，是一个很准确、很纯粹的定义，但却并非大众认知中的"茶"。

喝粥，我们虽然也说"喝茶"，却是当饭吃的。在米珠薪桂的年代，我们几乎天天"喝茶"，"喝茶"又没有茶点，能炒一把豆子放在"茶"里就很上等级了。

"喝茶"时差不多都有配菜，大都是浆水菜，也有野菜，如灰灰菜、扫帚苗、答答谷。最好是萝卜丝、炒白菜。但不常有，因为不般配。饭与菜虽然都不怎么高级，却很讲究"门当户对"。

还有一种"茶"，是不常吃的，叫米面茶或炒面茶。

把米面或白面炒过，正月十六和二月初二早晨吃。炒面茶里放豆腐、大豆、芝麻、馍块、果子、姜末。姜末很重要，俗话说，喝茶不放姜，不如喝米汤。

真正喝茶，即所谓龙井之类，是近几十年的事。但乡下人，特别是庄稼人，大多数依然没有喝茶的习惯。除了习惯，还有观念。庄稼人说，喝茶助消化，即使大酒大肉，锄头一抡，吃铁也化了。

我是乡下人，但我喝茶。特别是进城之后，不但喝茶，也喝咖啡。至于酒，很喜欢，却从不贪杯。

虽然同属所好，但我始终认为茶就是茶。茶是良人，是知己。温良恭俭让，纯正得很。

酒是祸水，也是和事佬。平常时候酒很像一个义士，或者一名剑客，稍一放纵，便成一介狂徒，或者一个疯子。

有人说，咖啡可以代酒。酒本如此，可见咖啡是怎样的一个品性。所以在我眼里，咖啡无非是一个浪子，是天涯歌女。

是的，三者是不一样的。

茶，抱朴含真，别寄幽情，超然物外。

酒，风流倜傥，豪放不羁，放浪形骸。

咖啡，嬉宕无踪，自命不凡，孤傲不群。

茶是自己的，酒是天外来客，咖啡属于异乡人。

有了这样一个定位，你就知道我为什么疏远咖啡而热衷于茶。

无论忙时啜饮，还是闲来品茗，看那宛若新绿的茶叶在明净的杯子里上下浮沉，总会有许多关于茶的文字迭现而出。由茶经，及茶道，及禅，又参出个"禅茶一味"，寄寓了大自然的本意，也道出了人生的真谛与佛子的涵容。"一碗喉吻润，两碗破孤闷。三碗搜枯肠，唯有文字五千卷。四碗发轻汗，平生不平事，尽向毛孔散。五碗肌骨清，六碗通仙灵。七碗吃不得也，唯觉两腋习习清风生。"这是与陆羽《茶经》齐名的《七碗茶歌》所唱，其功效，酒不能比，咖啡更不能比。

倘若拿酒与咖啡相比较，是不是会委屈了酒呢？"劝君更尽一杯酒，西出阳关无故人。"就凭这两句，给人的感觉，世界上再没有什么比酒更能够抒情的了。

但有那么一段时间，我却喝起咖啡来。实在是记不起什么原因了。也许是因为一种崇尚"外来和尚"的心理，或许是为了那一点陌生的香气。但咖啡毕竟没有茶的文化底蕴，所以也从没有什么讲究，随便什么杯子、盅子、碗盏，开水一冲，常常是一饮而尽，近于暴饮。

虽然喝咖啡，却从没有断过茶，冲一杯咖啡，再泡一杯茶。咖啡一饮而尽，茶却慢慢吃、慢慢品。

也许是从没有疏离过茶，也许始终认为咖啡是舶来品，忽然有那么一天仿佛觉悟了似的，便推开了咖啡。

茶毕竟是自己的，尤其是不再眷顾咖啡的时候，那种感觉越发强烈起来，无论是品酌还是痛饮，总能自娱、自慰，而且自信。

重新拾起咖啡是去年秋末的一个晚间，偶遇一间叫"one day 一天"的咖啡厅，入座未稳，对咖啡的兴致陡然就涨了。是毕竟有过旧时情谊吗？

面对富景与德克士毗邻的畅春园，名叫"one day 一天"的那间小小咖啡厅，太精致了。也小巧，也玲珑，很像越洋过来的一个小公主或者小王子。

似乎是后现代派装饰风格，却又不纯粹，无论墙角还是壁缝，无不透着本土文化气息，无不嵌藏着中式古典因素。中西固然有别，但至于谁为主谁为客，在这里表现得却并不分明。隐约间透着一种友谊、和平、融会贯通与兼容并包，简而言之，就是很有点现代意识。梦幻般的乐声在柔情似水的灯光中流淌，流露出一种出人意料的咖啡情调。那靠着西墙的独酌小几偏于雅静，很容易让人发思古之幽情。几个雅士安坐在东方，饱含了儒素儒玄之风，弥散着几分书卷气，很有点儒学和玄学共有的学养与风范，如果约几位挚友在那里小酌，品品咖啡，谈谈文章、议议时事，俯仰之间，取舍得失，无不欣然感怀。是谁把中西文化糅合在一起的？竟然那么和谐，那么融洽。太自然了，太恰切了，总能让人一下子就想到一个词：中西合璧。

踏着斜梯登上小楼，凭窗眺望，行人如织，车流如水。面对德克士门店，我还以为自己御了一叶扁舟，于乘风破浪中一览异域风光呢。俯首看看街道两边翁郁浓绿的国槐，陡然感觉心底温热的暖流仿佛来自紧紧依偎着自己的母亲。

二楼的东南角设有一个洁白的长方形台案，台案上放置了一些锅碗瓢盆之类的器物，客人可以在那里自调咖啡，也可以学一门手艺。在古典欧洲风形色皆俱的咖啡案前落座，捧一盏自己调得浓淡相宜的咖啡，放在米白色的小托盘里，别急着喝，也别急着品，先静静欣赏一会儿那米白色底子撒了细碎花叶的小瓷盅，拿长长的镶嵌着瓷柄的咖啡勺轻轻搅拌，和暖的咖啡云烟缓缓地弥漫、上升，仿佛遥睹宓妃于崖畔，有一种"余情悦其淑美兮，心振荡而不怡"的深情，从肺腑之间隐约化开。

咖啡厅的主人是个女孩，大学毕业便越洋去学调制咖啡，归来开了这么间咖啡厅。女孩清秀如茶，茶不营茶，却弄起咖啡来，似乎觉得不怎么顺，却又感觉别有韵味。

看我独自在那里肃对咖啡，女孩就走过来，脸带春风，问我："先生需要点坚果之类的吗？"不知姑娘说的是什么意思，我愣了一下。姑娘看出了我的懵懂，几乎是失笑了。不过，是那种莞尔一笑，并不失庄重。姑娘对我说："喝茶需要茶点，喝咖啡也一样，也需要混合坚果、黄油饼干、椰丝小饼之类的小吃，作咖啡的伴侣。"我忙点头说是，我不想让姑娘看出我依然很乡土、很村。姑娘转身去了，娉娉婷婷，轻柔得像飘荡在咖啡上边的一点烟云。

　　姑娘给我摆上来几个小碟子，上面是淡黄色的乳酪、洁白的慕斯、淡绿的布丁和米色的全麦吐司，都是那么精细，那么让人赏心悦目。全是西点，我一样也不认识，一样也叫不出名堂来。我有些窘迫，姑娘看出来了，但她并没有什么表示，坦坦然然，那是姑娘的修养，那是姑娘的态度。姑娘知道本市无论哪个阶层的人士，面对陌生物什么的，都会有些尴尬。姑娘开咖啡厅，初衷就已经有了引导之意。所以姑娘告诉我说，哪一样是慕斯，哪一样是布丁，哪一样始于维也纳，哪一样盛产于巴黎。那一样样奶冻式的甜点，入口即化，品味不同，其味无穷，都堪称极品，入口不为充饥，意在品评，最能体现的是美食艺术家的艺术灵感与对生活的悟性。

　　以我的笨拙，应承那纤巧品饰的侍奉，想来会不胜其力。然而那种润滑的质感，那种触吻而化的细腻，即刻就温暖和融化了一颗因经历风霜太多太久而伤痕累累且冰且冷且孤独且忧伤的心。给人的感觉是冰雪融化之后的春暖花开，黑夜渐渐退去之后的晨曦，空山新雨之后的鸟啼。特别是经"one day 一天"的主人讲过之后，我才知道，喝咖啡也有"道"。比如，喝咖啡之前，要先喝一点白开水，以打开自己久昧的味蕾，继而轻轻地抿一口咖啡，美妙无穷的原始苦味会给人一种天真的情趣。放入一点奶沫，轻轻地搅拌，上面浮有一层金黄色泡沫的纯黑咖啡浓稠滚烫，好像天外倏然而降的精灵，一小杯咖啡就会又浓又香，让人顿感其魅力无穷却又无可言喻。放一点糖，甜美的牛奶泡沫会更加纯白可爱，漂浮在黑色咖啡上面，宛若天鹅抖动着洁白的羽毛，荡波于晚霞倒映的湖面，既美妙，又迷人。喝咖啡时如果焚一点香，无论丁香、豆蔻、肉桂，满屋子都会弥漫着芳香的气味，加上各式各样琳琅满目的咖啡壶具，到处都会充溢着《天方夜谭》的神话色彩与阿拉伯古老的民间风情，带给你的是梦幻、是梦想、是梦魂齐飞。多好啊，让我一下就想到我们古人的"刻烛催诗，焚香读易"。原来古今的文化无论东方还是西方，内涵都是贯通的。

姑娘问我："先生过去是不是总认为喝咖啡讲究的是味道？"我点了点头，并告诉姑娘，其实我喝咖啡是连味道都不讲究的，只是将它当作饮料，或者说，只是为了解乏、解困。姑娘就笑了，说："其实品咖啡更注重的是情调，没有情调，即使喝再上等的咖啡也会如同喝了一杯泔水。"说着，她又问我，"您能理解音乐之都维也纳的空气中，为什么无不流动着音乐的旋律与咖啡的清香吗？"

我怎么能连这点都不知道呢？但我却故意不说，我想听听姑娘怎么讲。

姑娘就款款落座，在我对面，纤纤十指把那小小碟子一个一个重新摆布一番，简单地那么调整了一下，便与先前大不相同，角度不一样，光线不一样，形状颜色也不一样，好像都是新的，新碟子、新甜品。

"您知道我是谁吗？"姑娘忽然看着我问。我对姑娘如此发问感到惊讶，我怎么会知道姑娘是谁？我摇了摇头。姑娘就笑了，说："没错，我是这间小小咖啡厅的主人。但我同时也是您忠实的读者。否则，我不会也不敢在先生面前说咖啡。因为我常常读到您的文字，所以我对您有种一见如故的亲近感。"

"哦！"我有点惊讶，也带着一点惶恐。

然后，姑娘款款对我说，位于维也纳市中心的中央咖啡馆，是诗人、艺术家、音乐家、剧作家聚会的场所，是诗歌、剧本和小说的摇篮。莫扎特、舒伯特、施特劳斯父子，都常常在那里做客。与其说是这些大艺术家成全了那些咖啡馆的声名，倒不如说是咖啡激发了艺术家的灵感，才让他们创作出了世界一流的艺术作品。没有咖啡，也许就不会有那么多艺术灵感出现；没有咖啡，也许人间就不会有那样触动人类灵魂的伟大艺术作品问世。

"我说这些，您是知道的。恕我饶舌。"姑娘说。

"哦!"我又是一声惊讶。

对于我的惊讶，姑娘没有理会，继续说："您也许会问，我经营'one day 一天'，是在做一个摇篮梦吗？是的。有那么一点小小的野心掺杂其间，我希望我的'one day 一天'能够成为本市作家、诗人、戏剧家、书法家和其他艺术家的聚会场所，让这小小的咖啡厅也能够激发我们这座小小城市的艺术家们的创作灵感，孕育出伟大的艺术家和诗人，孕育出伟大的艺术作品和诗。为世界，为时代，也为我们这座城市增添光辉，为我们的生命所截取的这段历史，或者对这段历史承担一点责任或者一点抱负，析出一种不朽的精神。"

"哦——"我又是惊讶的一声，却多是赞许和称颂。

我问姑娘："这就是你经营咖啡厅的宗旨？"

姑娘半天没有说话，只是摇头，像是陷入了沉思。

"不是？"我又问。

"是。"姑娘大梦方醒似的，不好意思地笑笑，点头说。

"那你为何摇头？"

姑娘长长地舒口气，笑了，说："纯粹是为了做生意呗。"

我皱了皱眉，说："做生意，按姑娘所言，是不是有点大了？言过其实？"

姑娘说："您不应该以为大。我是按先生胸中所藏和您说的。也只是表明我经营咖啡厅的一种境界而已。境界，先生明白。纯粹做生意可以，纯粹为了赚钱，有什么意思？不沦为一个小生意人了吗？"

那天晚间，面对那一杯维也纳式的 Meiange 浓奶咖啡，我似乎别有所悟，让我不得不重新认识茶与咖啡。

茶，说到底也只是一篇好散文，而我曾经睥睨过的咖啡却应该是诗。

如果茶是一个中国的老故事，咖啡则应该是西风送过来的童话。

茶是神圣的，咖啡是神秘的。

茶是一位现实主义者，咖啡则应当代表象征主义。

喝茶，喝的是一种格调；喝咖啡，喝的却是一种情调。

茶可以在野外喝，在松下，在泉边，在磊岩，越是粗犷越好。

而喝咖啡的地方则越精致越好，越富丽堂皇越好。

喝茶的时候，可以在月下听二胡独奏，在雪夜听幽怨的箫声，在秋风中听琵琶或者古筝。

喝咖啡的时候，最好能有一缕灿烂的阳光斜照到屋子里来，听小提琴，听萨克斯，听小号或者单簧管。

如果说茶包含着道的玄机与禅的蕴意，而咖啡表现的却是狂热与人性的智慧。

茶不管在什么时候都表现得含蓄而温情，却有一点娇柔；而咖啡则永远代表着力量与激情，显示着意志的坚韧与生命力的丰盈。

茶有点像谦谦君子，卑以自牧，虽然越喝越淡，却淡泊自甘，是那种"佩鸣玉以比洁，齐幽兰以争芬。淡柔情于俗内，负雅志于高云"。

咖啡则如天之骄子，表现得非常自信，而且越喝越精神，越喝越觉得热情似火，直如勇毅骑士。所以有人就说，男人应该是一杯咖啡，既有力量，又不失热情。

是不是也是一种境界呢？

茶和咖啡都是自然的产物，最能够体现大自然的精神品质，又都是心灵的象征，各自都拥有自己的民族情感、民族性格和民族文化思想，却又同时体现了人类共有的文化情怀。茶和咖啡都需要友谊、和平，都需要融会贯通与兼容并包的现代意识，需要相互交流与合作，需要融会与组合，需要经常把对方新的生命力灌注给自己。否则，它们生命的内核也会干涸乃至萎缩。

至于酒，刘伶著《酒德颂》，意气所寄，把话都说过了，再说，就饶舌了。

当咖啡终于来到我的屋子里，与茶，与酒，并列于几案的时候，包容宇宙万物的感觉便陡然从我的心底浮起。茶烟，酒香，咖啡味，也如杯子上飘浮的那一缕烟云，淡淡的，淡淡的，陪着我的生命，伴着我的灵魂，一步又一步地，一程又一程地，向着暮色迈进，向着初月迈进。